ASAHI SENSHO
朝日選書 969

文豪の朗読

朝日新聞社 編

JN146780

朝日新聞出版

文豪の朗読●目次

◆本作は朝日新聞読書面に二〇一六年四月三日から一七年三月二十六日まで連載された。文豪が自作を朗読した、主に朝日新聞社所蔵の音源を現代の作家・識者が聴き、作品の魅力を探る。

◆朝日新聞社所蔵の音源は一九六〇年代に人気を博した雑誌「月刊朝日ソノラマ」等に付属するソノシート用に録音されたもの。また以下の作品については音源の所蔵先が異なる。

◎小島信夫「肖像」：「第一回　声のライブラリー」（一九九五年五月十三日）／倉橋由美子「ある老人の図書館」：「第三十六回　同」（二〇〇四年二月十四日）／吉村昭「鰭紙」：「第八回　同」（九七年二月八日）／水上勉「越前竹人形」：「第三回　同」（九五年十一月十一日）／辻井喬「わたつみ　敗戦五十年に」：「第二十一回　同」（〇〇年五月十三日）／高橋たか子「きれいな人」：「第三十八回　同」（〇四年九月十一日）／安東次男「ある静物」「死者の書」：「第五回　同」（九六年五月十一日）／辻邦生「安土往還記」：「第十二回　同」（九八年二月十四日）

※以上は日本近代文学館制作（石橋財団助成）「声のライブラリー」より。これらの朗読映像は同館で閲覧可能。（同館電話：〇三―三四六八―四一六一）

◎谷川俊太郎「理想的な詩の初歩的な説明」「かっぱ」など：電子書籍シリーズ『谷川俊太郎～これまでの詩・これからの詩～』（岩波書店）

◆書籍化に際し朗読作品の抜粋も収載した。底本は編集部が入手できたものを使用し、適宜旧かな遣いを現代かな遣いに改めた。基本的に朗読部分を収載したが、紙幅の都合で一部割愛、あるいは有用性を考え朗読と異なる部分も含めた作品がある。当時の時代背景の中で使われている言葉のうち、今日の人権意識に照らして、不適切であり、侮蔑的、差別的とも感じられる表現があるが、著者が故人であり、原文を尊重し、そのまま収載する。

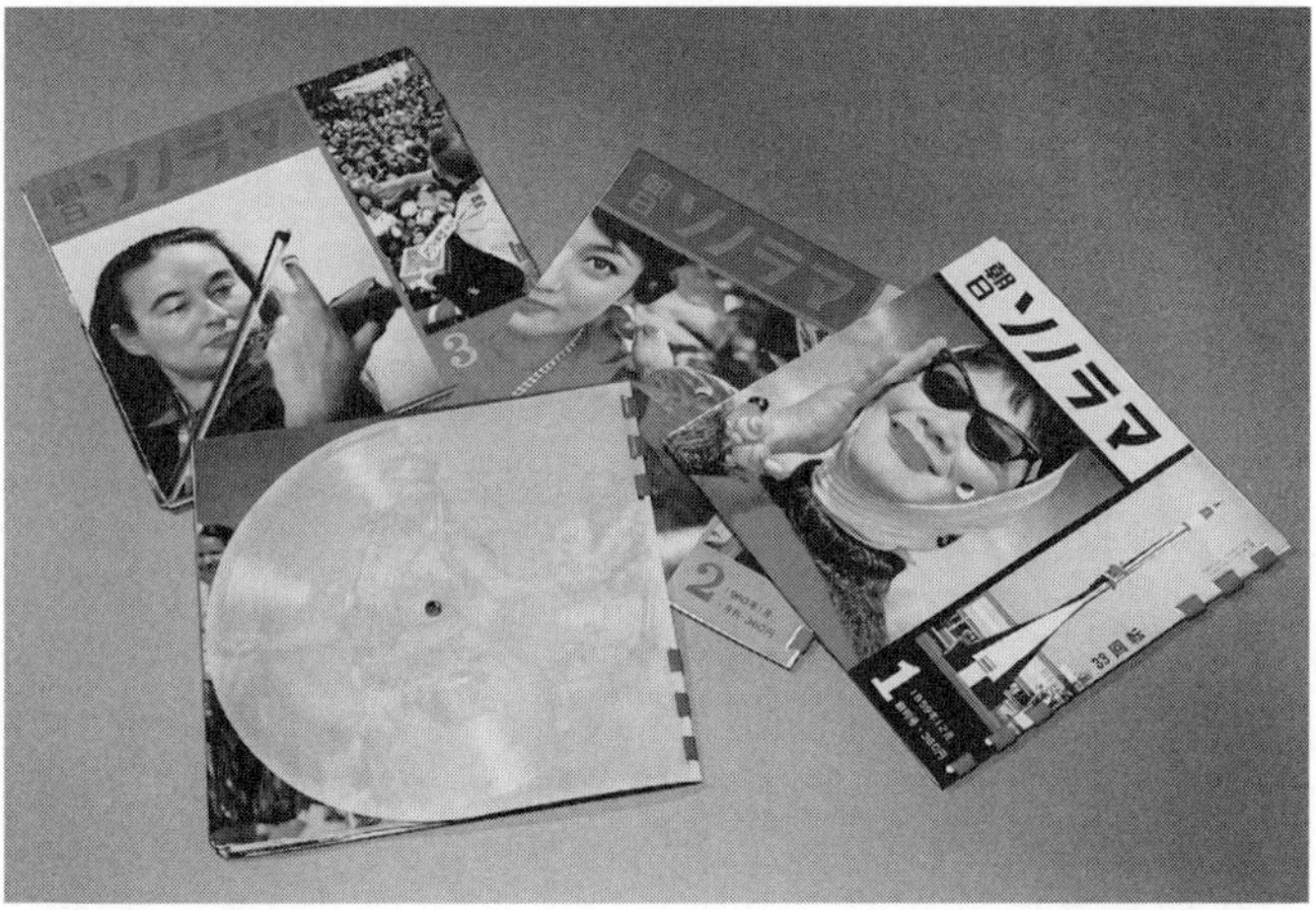

「月刊朝日ソノラマ」は、ニュース音声、音楽、朗読などを収録したソノシート付きの雑誌。一九五九年に創刊され、六〇年代に人気を博した。ソノシートは薄い円盤状の塩化ビニール製シートで、通常のレコード盤と同じ原理で音を出す。（写真提供　朝日新聞社）

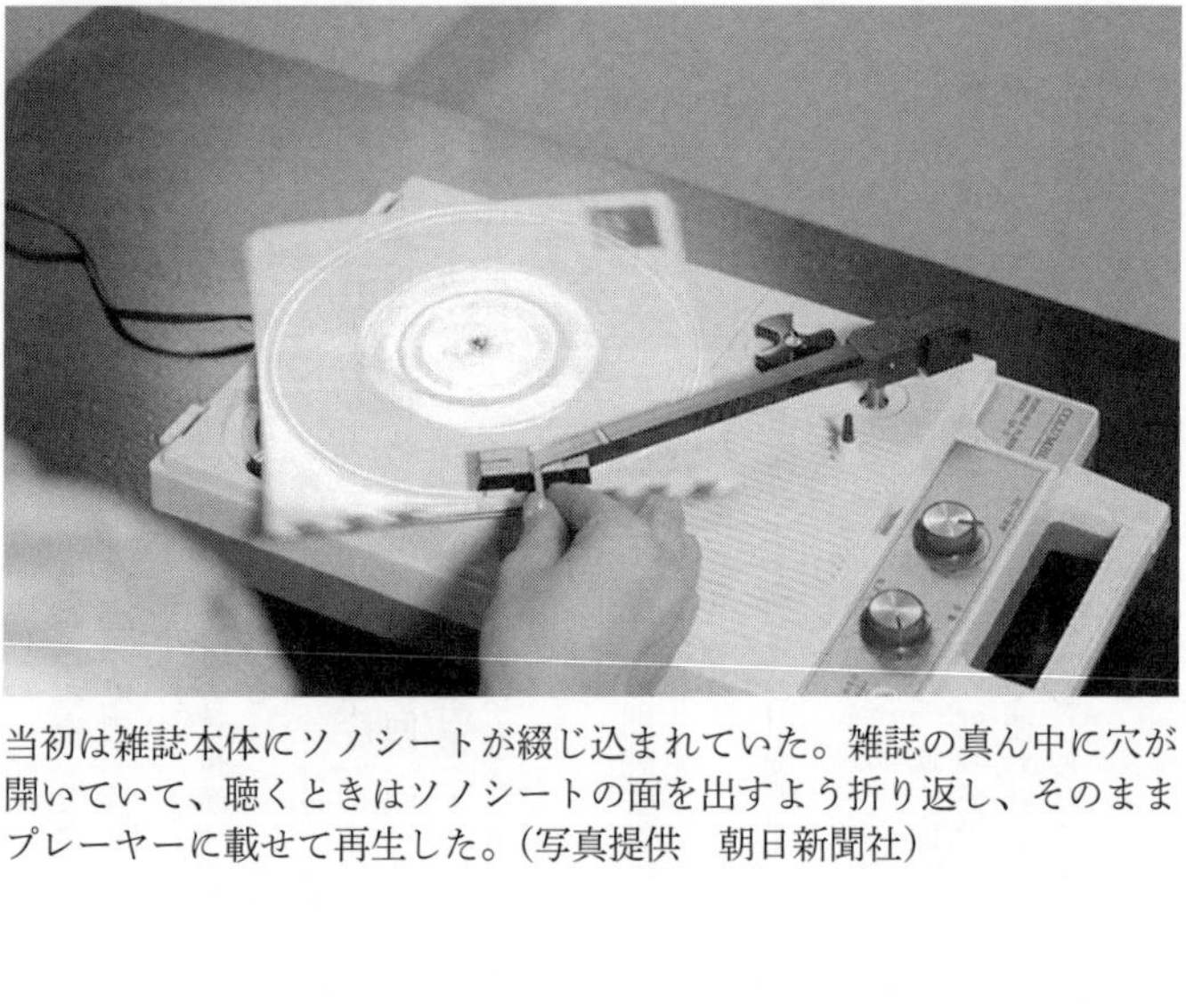

当初は雑誌本体にソノシートが綴じ込まれていた。雑誌の真ん中に穴が開いていて、聴くときはソノシートの面を出すよう折り返し、そのままプレーヤーに載せて再生した。（写真提供　朝日新聞社）

文豪の朗読

朝日新聞社 編

いとうせいこうが聴く
谷崎潤一郎「春琴抄」

谷崎の朗読は数年前、『新潮』の付録ＣＤで『瘋癲《ふうてん》老人日記』の主役を務めているのを聴いたことがある。その時も驚いたのだが、文章に句読点の少ない谷崎が、ぷつりぷつりと意味を伝えるのに的確な位置で、しかしまるで子供の音読のような読み方をする。ほとんどの人にはそのまま最後まで「棒読み」に聴こえるだろうと思う。

がしかし私には、ひいきし過ぎているだろうか、すぐにその「棒読み」がたいした技であるように感じられたのだった。彼が歌舞伎や浄瑠璃といった芸能によく耳を傾けていたことが私にはよく伝わってきたのだ。

古典芸能のセリフ回しは、新劇以降のリアリズム演劇のように感情をこめない。情の芸である浄瑠璃でさえ、ベタベタと人間描写に浸ってはならないことになっている。例えば老母をあらわす太夫の声は、老父よりも低く発せられる。表現は再現ではなく、あくまでも〝そう聴かせたらええんや（当代竹本住太夫談）〟というのが日本の芸なのだと言える。

今回の『春琴抄』の朗読でも、谷崎はその芸がよくわかっているに違いない。なにしろ、ほぼ感情を入れない。徹底的に誤読を避けるようなわかりやすい読み方でテンポも変えない。いかにも「下手」である。けれどもその「下手」、つまり演劇的でない朗読がやがて聴く者の脳裏に素直に映像を送り込んでくる。

しかもほんのわずか、劇的になる。それが作者としての熱量の変化なのか、表現としてそうなのかはわからない。それはある種名人芸の特徴である。古今亭志ん生のろれつが回っていないのをどう評価すべきかわからないのに似ている。

私にとって『春琴抄』は大事な小説で、自分の新刊長編（『我々の恋愛』）の下敷きでもある。だから谷崎自身の区切り方、「春琴」のアクセントを知れることなどもまたきわめて刺激的である。

けれども圧倒的に芸として勉強になる。

谷崎潤一郎（一八八六－一九六五）『痴人の愛』『春琴抄』『細雪』

谷崎潤一郎「春琴抄」

…なるべく苦痛の少い手軽な方法で盲目になろうと思い試みに針を以《もっ》て左の黒眼《くろめ》を突いてみた黒眼を狙《ねら》って突き入れるのはむずかしいようだけれども白眼の所は堅くて針がはいらないが黒眼は柔かい二三度突くと巧《うま》い工合《ぐあい》にずぶと二分ほどはいったと思ったら忽《たちま》ち眼球が一面に白濁し視力が失《う》せて行くのが分った出血も発熱もなかった痛みも殆《ほとん》ど感じなかったこれは水晶体の組織を破ったので外傷性の白内障を起したものと察せられる佐助は次に同じ方法を右の眼に施し瞬時にして両眼を潰《つぶ》した尤《もっと》も直後はまだぼんやりと物の形など見えていたのが十日ほどの間に完全に見えなくなったと云う。程経《ほどへ》て春琴が起き出《い》でた頃手さぐりしながら奥の間に行きお師匠様私はめしいになりました。もう一《いっ》生涯《しょうがい》お顔を見ることはござりませぬと彼女の前に額《ぬか》ずいて云った。佐助、それはほんとうか、と春琴は一語を発し長い間黙然《もくねん》と沈思していた佐助はこの世に生れてから後《あと》にも先にもこの沈黙の数分間ほど楽しい時を生きたことがなかった昔悪七兵衛景清《あくしちびょうえかげきよ》は頼朝《よりとも》の器量に感じて復讐《ふくしゅう》の念を断じ最早《もは》や再びこの人の姿を見まいと誓い両眼を抉《えぐ》り取ったと云うそれと動機は異なるけれどもその志の悲壮なことは同じであるそれにしても春琴が彼に求めたものはかくの如《ごと》きことであった乎《か》過日彼女が涙を流して訴えたのは、私がこんな災難に遭《あ》った以上お前も盲目になって欲しいと云う意であった乎そこまでは忖度《そんたく》し難いけれども、佐助それはほんとうかと云った短かい一語が佐助の耳には喜びに慄《ふる》えているように聞えた。そして無言で相対しつゝある間に盲人のみが持つ第六感の働きが佐助の官能に芽生《めば》えて来て唯《たゞ》感謝の一念より外何物もない春琴の胸の中を自《おの》ずと会得《えとく》することが出来た今まで肉体の交渉はありながら師弟の差別に隔てられていた心と心とが始めて犇《ひし》と抱き合い一つに流れて行くのを感じた少年の頃押入

『春琴抄　吉野葛』（中公文庫）

れの中の暗黒世界で三味線《しやみせん》の稽古《けいこ》をした時の記憶が蘇生《よみがえ》って来たがそれとは全然心持が違った凡《およ》そ大概な盲人は光の方向感だけは持っている故《ゆえ》に盲人の視野はほの明るいもので暗黒世界ではないのである佐助は今こそ外界の眼を失った代りに内界の眼が開けたのを知り嗚呼《あゝ》これが本当にお師匠様の住んでいらっしゃる世界なのだこれで漸《ようよ》うお師匠様と同じ世界に住むことが出来たと思ったもう衰えた彼の視力では部屋の様子も春琴の姿もはっきり見分けられなかったが繃帯《ほうたい》で包んだ顔の所在だけが、ぽうっと仄白《ほのじろ》く網膜に映じた彼にはそれが繃帯とは思えなかったつい二た月前までのお師匠様の圓満微妙《えんまんみみよう》な色白の顔が鈍い明りの圏の中に来迎佛《らいごうぶつ》の如く浮かんだ

島田雅彦が聴く

井伏鱒二「山椒魚」

説話や寓話《ぐうわ》は記憶に残りやすい。神話や諺《ことわざ》が長年に渡り、個々の経験との擦り合わせが行われ、身体的な記憶として強化されるのと似た効果があるのだろう。芥川は説話を近代化し、安吾はファルス（笑劇）を文学のふるさとと見做《みな》し、太宰はお伽草子のリサイクルを行ったが、文学が原点回帰を志向すれば、その淵源《えんげん》的形式である説話や寓話に似てくるのである。井伏鱒二の『山椒魚《さんしょううお》』は『雨月物語』の鯉《こい》になった和尚の話と同様、読む者の身体感覚に直接訴えてくるリアリティゆえ、高校時代に現代国語の教科書で読んだ記憶が消えずに残っている。寓話の教訓的要素は後知恵で追加されたものに過ぎない。むしろ寓話は消化し切れないわだかまりを読む者に植え付けるからこそ、時代を超えて残るのだ。

井伏は尻切れトンボの感のあるラストについて、愚行から孤独、さらに諦観《ていかん》に向かうところまでは空想できたが、その先は説明を加えることしかできないと悟り、切って棄《す》てたといっている。そのため読者は山椒魚の唯一の友人である蛙《かえる》が餓死寸前に遺言のように呟《つぶや》くコトバを最後に、宙に投げ出される。山椒魚の諦観を託されたはいいが、この余韻は残酷である。
人は救いや希望のなさを受け容《い》れた時に気持ちが楽になる瞬間がある。絶望から立ち上がる微笑《ほほえ》みのことをユーモアと呼ぶ。説話や寓話は本来、語り伝えるものだった。自らの諦観を嚙《か》み締めながら、僧侶や語り部が語り出す時、安心して絶望と戯れることができた。井伏は飄々《ひょうひょう》と、感情を抑え、時につかえながら、甲高い訛《なま》りのある発音で、自作を読む。やけに実存主義的な告白をする頭でっかちな山椒魚は若かりし頃の井伏の自画像かもしれないが、語り口はそれを突き放している。近所で大工仕事をしている音や豆腐屋のチャルメラの音色が聞こえて来たりする。ふとあの世から発信されたラジオ放送をこの世で聞いている気がして、空恐ろしくなる。

井伏鱒二（一八九八－一九九三）『山椒魚』『屋根の上のサワン』『黒い雨』

井伏鱒二「山椒魚」

『山椒魚』（新潮文庫）

山椒魚《さんしょううお》は悲しんだ。

彼は彼の棲家《すみか》である岩屋から外に出てみようとしたのであるが、頭が出口につかえて外に出ることができなかったのである。今はもはや、彼にとっては永遠の棲家である岩屋は、出入口のところがそんなに狭かった。そして、ほの暗かった。強《し》いて出て行こうとこころみると、彼の頭は出入口を塞《ふさ》ぐコロップの栓《せん》となるにすぎなくて、それはまる二年の間に彼の体が発育した証拠にこそはなったが、彼を狼狽《ろうばい》させ且《か》つ悲しませるには十分であったのだ。

「何たる失策であることか！」

彼は岩屋のなかを許されるかぎり広く泳ぎまわってみようとした。人々は思いぞ屈せし場合、部屋のなかを屢々《しばしば》こんな工合に歩きまわるものである。けれど山椒魚の棲家は、泳ぎまわるべくあまりに広くなかった。彼は体を前後左右に動かすことができただけである。その結果、岩屋の壁は水あかにまみれて滑らかに感触され、彼は彼自身の背中や尻尾《しっぽ》や腹に、ついに苔《こけ》が生えてしまったと信じた。彼は深い歎息《たんそく》をもらしたが、あたかも一つの決心がついたかのごとく呟《つぶや》いた。

「いよいよ出られないというならば、俺《おれ》にも相当な考えがあるんだ」

しかし彼に何一つとしてうまい考えがある道理はなかったのである。

岩屋の天井には、杉苔と銭苔とが密生して、銭苔は緑色の鱗《うろこ》でもって地所とり（小児の遊戯の一種）の形式で繁殖し、杉苔は最も細く且つ紅色の花柄《かへい》の尖端《せんたん》に、可憐《かれん》な花を咲かせた。可憐な花は可憐な実を結び、それは隠花植物の種子散布の法則通り、間もなく花粉を散らしはじめた。

山椒魚は、杉苔や銭苔を眺《なが》めることを好まなかった。寧《むし》ろそれ等を疎《うと》んじさえした。杉苔の花粉はしきりに岩屋のなかの水面に散ったので、彼は自分の棲家の水が汚れてしまうと信じたからである。剰《あまつさ》え岩や天井の凹《くぼ》みには、一群ずつの黴《かび》さえも生えた。黴は何と愚かな習性を持っていたことであろう。常に消えたり生えたりして、絶対に繁殖して行こうとする意志はないかのようであった。山椒魚は岩屋の出入口に顔をくっつけて、岩屋の外の光景を眺めることを好んだのである。ほの暗い場所から明るい場所をのぞき見することは、これは興味深いことではないか。そして小さな窓からのぞき見するときほど、常に多くの物を見ることはできないのである。

谷川というものは、めちゃくちゃな急流となって流れ去ったり、意外なところで大きな淀《よど》みをつくっているものらしい。山椒魚は岩屋の出入口から、谷川の大きな淀みを眺めることができた。そこで水底に生えた一叢《むら》の藻《も》が朗かな発達を遂げて、一本ずつの細い茎でもって水底から水面まで一直線に伸びていた。そして水面に達すると突然その発育を中止して、水面から空中に藻の花をのぞかせているのである。多くの目高達は、藻の茎の間を泳ぎぬけることを好んだらしく、彼等は茎の林のなかに群をつくって、互いに流れに押し流されまいと努力した。そして彼等の一群は右によろめいたり左によろめいたりして、彼等のうちの或《あ》る一ぴきが誤って左によろめくと、他の多くのものは他のものに後れまいとして一せいに左によろめいた。若《も》し或る一ぴきが藻の茎に邪魔されて右によろめかなければならなかったとすれば、他の多くの小魚達はことごとく、ここを先途と右によろめいた。それ故《ゆえ》、彼等のうちの或る一ぴきだけが、他の多くの仲間から自由に遁走《とんそう》して行くことは甚《はなは》だ困難であるらしかった。

山椒魚はこれ等の小魚たちを眺めながら、彼等を嘲笑《ちょうしょう》してしまった。

「なんという不自由千万な奴《やつ》らであろう！」

淀みの水面は絶えず緩慢な渦《うず》を描いていた。それは水面に散った一片の白い花弁によって証明できるであろう。白い花弁は淀みの水面に広く円周を描きながら、その円周を次第に小さくして行った。そして速力をはやめた。最後に、極めて小さな円周を描いたが、その円周の中心点に於《お》いて、花弁自体は水のなかに吸いこまれてしまった。

山椒魚は今にも目がくらみそうだと呟いた。

朝吹真理子が聴く

室生犀星「抒情小曲集」

ふるさとは遠きにありて思ふもの／そして悲しくうたふもの

二十代前半のときに書かれた詩を、七十二歳の犀星が朗読している。この録音の翌年に、犀星は没する。多くのひとが知っている、「抒情小曲集」の巻頭、「小景異情」のなかの一編が、まるで知らない遠さをもって響いていた。

作品として世界に差し出された言葉は、書き手から離れて、一編の詩として、屹立《きつりつ》して存在する。一度世に放たれた詩句は、書いた人からも遠いものになると実感する。書き手であった犀星が読んでいる作品の距離と、すべての読み手の距離とは、等価なものであると、耳にとどめながら思った。

犀星の発する声のリズムにはつまりがあって、聞いていて心地良いものではない。重たく、文字をたしかめるように、音がくちから発せられる。うたうようなものからは遠い。リズムにはのらない、という決意のようなものを感じる。どの詩も、リズムにあえてひびをいれてゆくようだった。詩編をながめながら聞いていると、さきの詩句がわかるだけに、かえって不安になる。一文字ずつを屹立させせ、書きつけられた意味を蘇《よみがえ》らせる読みかたは、たどたどしく、きこえる。感情を突き放したような、投げすてるような声でもあった。

声の背後で、時報のような音もかすかにきこえる。夏の軽井沢で録音されたという当時の空気が梱包《こんぽう》されている。それが楽しい。

録音当日の様子が、少しだけ垣間見られる文章が残っている。録音嫌いの犀星が、絞り出すような声で二十の詩編を朗読し終えたところで、録音している人に「念のため」にもう一度朗読するよう頼まれる。

犀星は、「詩というものは、同じ感情で二度読むことはできない」と断る。ほんとうに、詩は一回かぎりのものだと、聞きながら思う。くちびるにのぼるたび、言葉は生まれなおしている。

室生犀星（一八八九－一九六二）『抒情小曲集』『鐵集』『杏つ子』

室生犀星「抒情小曲集」

『抒情小曲集』（冬至書房）

小景異情

その一

白魚はさびしや
そのくろき瞳はなんといふ
なんといふしほらしさぞよ
そとにひる餉《げ》をしたたむる
わがよそよそしさと
かなしさと
ききともなやな雀しば啼けり

その二

ふるさとは遠きにありて思ふもの
そして悲しくうたふもの
よしや
うらぶれて異土の乞食《かたゐ》となるとても
帰るところにあるまじや
ひとり都のゆふぐれに
ふるさとおもひ涙ぐむ
そのこころもて
遠きみやこにかへらばや
遠きみやこにかへらばや

（中略）

その三

なににこがれて書くうたぞ
一時にひらくうめすもも
すもも の蒼さ身にあびて
田舎暮しのやすらかさ
けふも母ぢやに叱られて
すもものしたに身をよせぬ

旅途

旅にいづることにより
ひとみあかるくひらかれ
手に青き洋紙は提げられたり
ふるさとにあれど
安きを得ず
ながるるごとく旅にいづ
麦は雪のなかより萌え出で

そのみどりは磨げるがごとし
窓よりうれしげにさしのべし
わが魚のごとき手に雪はしたしや

寂しき春

したたり止まぬ日のひかり
うつうつまはる水ぐるま
あをぞらに
越後の山も見ゆるぞ
さびしいぞ

一日もの言はず
野にいでてあゆめば
菜種のはなは
遠きかなたに波をつくりて
いまははや
しんにさびしいぞ

利根の砂山

風吹きいでてうちけむる
利根の砂山
利根の砂山
赤城おろしはひゆうひゆうたり
ひゆうたる風のなかなれば
土筆は土の中に伸ぶ
なにに哀しみ立てる利根の砂山
よしや　杖《ステッキ》をもって
君が名をつづるとも
赤城おろしはひゆうとして
たちまちにして消しゆきぬ

本郷和人が聴く

吉川英治「宮本武蔵」

「波騒《なみざい》は世の常である。波にまかせて、泳ぎ上手に、雑魚《ざこ》は歌い雑魚は躍る。けれど、誰か知ろう、百尺下の水の心を。水のふかさを」。かかる名文で閉じられるこの朗読は、大作『宮本武蔵』の末尾に位置する、巖流島の決闘を再現する。

沼田という、大名・細川家の重臣がある。教養人として著名な細川幽斎の正室を出した。同家に『沼田家記』という資料が残されており、ここに武蔵と小次郎の勝負が記される。研究者・吉村豊雄氏によればそれは信頼性の高い記事であるらしい。

『沼田家記』はいう。二人は細川家（当時は豊前《ぶぜん》の大名）の城下町・小倉で「兵法の師」をしていた。あるとき、両方の弟子たちが師の優劣を主張して争ったことがきっかけとなり、彼らは彦島（巖流島）で試合をすることになった。武蔵が勝ちを制し、小次郎は木刀で打たれて気絶するが、やがて蘇生する。すると、一対一の勝負という約束を破って試合の場に来ていた武蔵の弟子たちが、よってたかって小次郎を殺害してしまった。

この衝撃的な記述は、私たちが知る話と全く異なっている。そこで改めて調べてみると、実は美青年剣士・小次郎は謎だらけ（七十歳という説も）であり、作者が一から創作したといって過言ではない。更には、あまりに有名な決闘の経緯もまた、ほぼフィクションであるらしい。そのことを念頭に朗読を聞いていると、ああ私たちは徹頭徹尾、作者の掌《てのひら》の中にあるのだ、という思いを禁じ得ない。だが心地よい。「技や力の剣」を磨いた小次郎。「精神の剣」を信じた武蔵。二人は死力を尽くして戦い、小次郎は思い残すことなく敗れ、勝った武蔵は寂寞《せきばく》の思いを抱く。そんな極上のストーリーを紡ぎ出し、歴史的人間を創造してくれた作者に、ただただ感謝するばかりである。

吉川の語りは木訥《ぼくとつ》である。だがその芯にある強さは、創作と史実を越えた、物語の「真実性」を構築している。

吉川英治（一八九二－一九六二）『宮本武蔵』『新・平家物語』『私本太平記』

吉川英治「宮本武蔵」

と――巌流の足はじりじりと小刻みに寄って行った。間隔をつめて行く間に敵の体形のどこに虚があるかを観《み》、同時に、自己の金剛身《こんごうしん》をかためて行くべく、それは当然な小刻みの足もとだった。

ところが、武蔵は、彼方《あなた》からずかずかと歩み出して来た。

巌流の眼の中へ、櫂《かい》の先を突っ込むように、正眼に寄って来たのである。

その無造作に、巌流が、はっと詰足《つめあし》を止めた時、武蔵の姿を見失いかけた。

櫂の木剣が、ぶんと上がったのである。六尺ぢかい武蔵の体が、四尺ぐらいに縮《ちぢ》まって見えた。足が地を離れると、その姿は、宙《ちゅう》のものだった。

「――あッつ」

巌流は、頭上の長剣で、大きく宙を斬った。

その切っ先から、敵の武蔵が額《ひたい》を締めていた柿色の手拭が、二つに断《き》れて、ぱらっと飛んだ。

巌流の眼に。

その柿色の鉢巻は、武蔵の首かと見えて飛んで行った。血とも見えて、颯《さ》ッと、自分の刀の先から刎《は》ね飛んだのであった。

ニコ、と。

巌流の眼は、楽しんだかも知れなかった。しかし、その瞬間に、巌流の頭蓋は、櫂の木剣の下に、小砂利のように砕けていた。

磯の砂地と、草原の境へ、仆れた後の顔を見ると、自身が負けた顔はしていなかった。唇の端から、こんこんと血こそ噴いていたが、武蔵の首は海中へ斬って飛ばしたように、いかにも会心らしい死微笑《しびしょう》を、キュッと、その唇ばたにむすんでいた。

『宮本武蔵』(講談社文庫)

「――ア。アッ」

「巌流どのが」

彼方の床几場《しょうぎば》のほうで、そうした声が、さっと流れた。

われを忘れて。

岩間角兵衛も起ち、その周《まわ》りの者も、悽惨な顔をそろえて、伸び上がった。――が、すぐ側《わき》の、長岡佐渡や伊織たちのいる床几場のひとかたまりが、自若としているのを見て、強いて平静を装《よそお》いながら、角兵衛もその周囲も、じっと、動かないことに努めていた。

が――蔽《おお》いようもない敗色と、滅失の惨気が、巌流の勝ちを信じていた人々のうえを包んだ。

「……?」

しかもなお、未練や煩悩は、そこまでの現実を見ても、自分らの眼の過《あやま》りではないか――と疑うように、生つばをのんで、しばしは放心していた。

島の内は、一瞬の次の一瞬も、人なきように、ひそまり切っていた。

無心な松風や草のそよぎが、ただ遽《にわ》かに、人間の無常観をふくだけだった。


――武蔵は。

一朶《だ》の雲を、見ていた。ふと見たのである、われに返って。

今は雲と自身とのけじめを、はっきり意識にもどしていた。遂にもどらなかった者は、敵の巌流佐々木小次郎。

足数にして、十歩ほど先に、その小次郎は俯つ伏せに仆れている。草の中へ、顔を横にふせ、握りしめている長剣の柄《つか》には、まだ執着の力が見える。――しかし苦しげな顔では決してない。その顔を見れば、小次郎は自己の力を挙げて、善戦したという満足がわかる。戦に戦いきった者の顔には、すべて、この満足感があらわれているものである。そこに残念――と思い残しているような陰は少しも見当らない。

武蔵は、斬れ落ちている自分の渋染《しぶぞめ》の鉢巻に眼を落して、肌に粟《あわ》を生じた。

「生涯のうち、二度と、こういう敵と会えるかどうか」

それを考えると、卒然《そつぜん》と、小次郎に対する愛情と、尊敬を抱いた。

いとうせいこうが聴く
志賀直哉「暗夜行路」

今回聞けるのは後編第四部十九章、作品で最も有名なラストの盛り上がり、主人公時任謙作が自然との合一を感じる場面である。

小説の神様・志賀直哉はとにかくぶっきらぼうで、鼻に抜ける発音を多用している。フランス語みたいな感じの日本語だ。

本作『暗夜行路』には幾つか、主人公が芸能を観《み》るという場面がある。数年前に再読した時には、謙作の自意識の悩みよりそちらに興味がわいたものだ。

例えば『盛綱陣屋』を芝居小屋で観る場面で、謙作は役者が「寧《むし》ろよく踊っていた」と言い、「少しも内面的な所がなく」と評しながらそれが気楽だと感じる。伊勢参りの途中でも謙作は遊女屋町の座敷に行く。そこで「太棹《ふとざお》とも細棹ともつかぬ三味線」を聞き、「至極単調な踊りを、至極虚心に踊る」のを観て面白がる。

さらに印象的なのは妻になる直子と、京都南座へ行く場面である。舞台では『心中天網島』

のうちの、よりによって「河庄」をやっている。遊女小春と心中しようとしている紙屋治兵衛をめぐるシーンで、いくらなんでも婚約者と観るべきものでもなかろう。事実謙作はこれを楽しまないのだが、理由は女性に対する後ろめたさではない。一貫した不機嫌さがせりあがってきてしまうせいだ。そして謙作はひたすら直子の「顔つき」を見つめる。

むしろ彼が芝居の意味を自分に引きつけるのは、子供が産まれたその日に行ったシューベルトの演奏会で、それが「嵐の夜に子供を死神にとられる曲」だからだ。とはいえ、その音楽の調子については「安っぽい」としか謙作は言っていない。

というわけで、小説の主人公がどこかで作家を反映すると前提すれば、志賀直哉は耳の人ではなさそうだ。むしろ目で動きをよく見る。見て対象に内面がなければ心は平穏である。そういう人であるから、朗読は彼が読んでいる文字を感じさせる。音よりも映像を。

志賀直哉（一八八三－一九七一）『城の崎にて』『小僧の神様』『暗夜行路』

志賀直哉「暗夜行路」

…謙作は用意して来たスエーターを着、それを包んで来た風呂敷を首に巻き、そして路から萱の生えた中へ入り、落ちつきのいい所を探して、山を背に腰を下ろした。彼は鼻で深い息をしながら、一種の快い疲れで眼《め》をつむっていると、遠く上の方から、今登って行った連中の「六根清浄、お山は晴天」という声が二三度聴えて来た。それからはもう何も聴えず、彼は広い空の下に全く一人になった。冷々《ひえびえ》した風が音もなく萱の穂を動かす程度に吹いていた。

　疲れ切ってはいるが、それが不思議な陶酔感となって彼に感ぜられた。彼は自分の精神も肉体も、今、この大きな自然の中に溶込《とけこ》んで行くのを感じた。その自然というのは芥子粒《けしつぶ》程に小さい彼を無限の大きさで包んでいる気体のような眼に感ぜられないものであるが、その中に溶けて行く、――それに還元される感じが言葉に表現出来ない程の快さであった。何の不安もなく、睡い時、睡《ねむり》に落ちて行く感じにも多少似ていた。一方、彼は実際半分睡ったような状態でもあった。大きな自然に溶込むこの感じは彼にとって必ずしも初めての経験ではないが、この陶酔感は初めての経験であった。これまでの場合では溶込むというよりも、それに吸込まれる感じで、或《あ》る快感はあっても、同時にそれに抵抗しようとする意志も自然に起るような性質もあるものだった。しかも抵抗し難い感じから不安をも感ずるのであったが、今のは全くそれとは別だった。彼にはそれに抵抗しようとする気持は全くなかった、そしてなるがままに溶込んで行く快感だけが、何の不安もなく感ぜられるのであった。

　静かな夜で、夜鳥《よどり》の声も聴えなかった。そして下には薄い靄《もや》がかかり、村々の灯《ひ》も全く見えず、見えるものといえば星と、その下に何か大きな動物の背のような感じのするこの山の姿が薄く仰がれるだけで、彼は今、自分が一歩、永遠に通ずる路に踏出したというような事を考えていた。彼は少しも死の恐怖を感じなか

『暗夜行路』（旺文社）

った。然《しか》し、若し死ぬならこの儘《まま》死んでも少しも憾《うら》むところはないと思った。然し永遠に通ずるとは死ぬ事だという風にも考えていなかった。

彼は膝《ひざ》に臂《ひじ》を突いたまま、どれだけの間《あいだ》か眠ったらしく、不図《ふと》、眼を開《あ》いた時には何時《いつ》か、四辺《あたり》は青味勝ちの夜明けになっていた。星はまだ姿を隠さず、数だけが少くなっていた。空が柔かい青味を帯びていた。それを彼は慈愛を含んだ色だと云う風に感じた。山裾《やますそ》の靄は晴れ、麓《ふもと》の村々の電燈が、まばらに眺《なが》められた。米子《よなご》の灯《ひ》も見え、遠く夜見《よみ》ヶ浜《はま》の突先《とっさき》にある境港《さかいみなと》の灯《ひ》も見えた。或る時間を置いて、時々強く光るのは美保《みほ》の関《せき》の燈台に違いなかった。湖のような中の海はこの山の陰になっている為め未《ま》だ暗かったが、外海《そとうみ》の方はもう海面に鼠色《ねずみいろ》の光を持っていた。

明方《あけがた》の風物の変化は非常に早かった。少時《しばらく》して、彼が振返って見た時には山頂の彼方《むこう》から湧上《わきあが》るように橙色《だいだいいろ》の曙光《しょこう》が昇って来た。それが見る見る濃くなり、やがて又褪《あせ》はじめると、四辺《あたり》は急に明るくなって来た。萱は平地《へいち》のものに較《くら》べ、短く、その所々に大きな山独《やまう》活《ど》が立っていた。彼方《あっち》にも此方《こっち》にも、花をつけた山独活が一本ずつ、遠くの方まで所々に立っているのが見えた。その他《ほか》、女郎花《おみなえし》、吾亦紅《われもこう》、萱草《かんぞう》、松虫草《まつむしそう》なども萱に混って咲いていた。小鳥が啼《な》きながら、投げた石のように弧を描いてその上を飛んで、又萱の中に潜込《もぐりこ》んだ。

中の海の彼方《むこう》から海へ突出《つきだ》した連山の頂が色づくと、美保の関の白い燈台も陽《ひ》を受け、はっきりと浮び出した。間もなく、中の海の大根島《だいこんじま》にも陽が当り、それが赤鱏《あかえい》を伏せたように平たく、大きく見えた。村々の電燈は消え、その代りに白い烟《けむり》が所々に見え始めた。然し麓の村は未だ山の陰で、遠い所より却《かえ》って暗く、沈んでいた。謙作は不図、今見ている景色に、自分のいるこの大山《だいせん》がはっきりと影を映している事に気がついた。影の輪郭が中の海から陸へ上って来ると、米子の町が急に明るく見えだしたので初めて気付いたが、それは停止することなく、恰度《ちょうど》地引網《じびきあみ》のように手繰《たぐ》られて来た。地を嘗《な》めて過ぎる雲の影にも似ていた。中国一の高山で、輪郭に張切った強い線を持つこの山の影を、その儘、平地に眺められるのを稀有《けう》の事とし、それから謙作は或る感動を受けた。

島田雅彦が聴く

谷崎潤一郎「細雪」

近代文学は基本、黙読を前提にしていて、その音韻的効果はあまり重要視されなかった。だが、谷崎は説経節のような口承文学の伝統を意図的に自らの作中に取り込み、活字化された語り物というべき口承文学と近代文学のハイブリッドを生み出した。語り部が口伝えに物語るスタイルを取った『春琴抄』や『盲目物語』がその代表例である。『細雪』では全編、日常生活のまったりとした描写とお喋《しゃべ》りが延々と繰り広げられるのだが、随所に批評的な一文が挿入される構成や、リズムよく流れる大阪船場言葉による会話の音楽性ゆえ飽きることなく、四姉妹の暮らしに寄り添っていられる。谷崎は国家総動員体制が敷かれ、メディアが大政翼賛一色に染まっても、「(ヴィタミン)B足らん」で始まって下痢で終わる関西の生活百科というべき『細雪』の執筆に集中していた。戦争によって失われる関西ブルジョアのたおやかな暮らしを保存するため、谷崎は確信犯として時局に逆らい、一日に原稿用紙二枚のペースを守り、かつ推敲《すいこう》を徹底する創造的冬眠に入ったのだった。

あらゆる文章は潜在的に音楽を孕《はら》んでいる。たとえば、ボーカロイドに谷崎のテクストを朗読させようとすれば、単語や文のイントネーションやアクセントを正しくなぞらせ、適宜、息継ぎや間《ま》、ニュアンスを補ってやらなければならない。朗読とは淡々と歌うことなのである。人間の朗読者はそれを即興的に行っているが、『細雪』のように緩急やニュアンス、語り口のバリエーションが多彩な作品の「演奏」は至難だ。

文豪七十四歳当時の声はまだ枯れておらず、感情は抑えているのだが、リズムとアクセントは意識されていて、文の切れ目に間を入れつつ畳み掛けてくる。息継ぎをする時、涎《よだれ》をするような音が入っているのが妙に生々しい。まさにコトバを舐《な》めるように慈しみながら、声に変換すれば、おぼろげに浮かび上がる甘美な情感と戯れることができる。

谷崎潤一郎（一八八六―一九六五）『痴人の愛』『春琴抄』『細雪』

谷崎潤一郎「細雪」

『細雪（全）』（中公文庫）

大沢の池の堤の上へもちょっと上ってみて、大覚寺、清凉寺《せいりようじ》、天竜寺の門の前を通って、今年もまた渡月橋の袂へ来た。京洛の花時の人の出盛りに、一つの異風を添えるものは、濃い単色の朝鮮服を着た半島の婦人たちの群がきまって交っていることであるが、今年も渡月橋を渡ったあたりの水辺の花の蔭に、参々伍々うずくまって昼食をしたため、中には女だてらに酔って浮かれている者もあった。幸子たちは、去年は大悲閣で、一昨年は橋の袂の三軒家で、弁当の折詰を開いたが、今年は十三詣りで有名な虚空蔵菩薩《こくぞうぼさつ》のある法輪寺の山を選んだ。そして再び渡月橋を渡り、天竜寺の北の竹藪の中の径《こみち》を、

「悦ちゃん、雀のお宿よ」

などと云いながら、野の宮の方へ歩いたが、午後になってから風が出て急にうすら寒くなり、厭離庵《えんりあん》の庵室を訪れた時分には、あの入口のところにある桜が姉妹たちの袂におびただしく散った。それからもう一度清凉寺の門前に出、釈迦堂《しゃかどう》前の停留所から愛宕《あたご》電車で嵐山に戻り、三たび渡月橋の北詰に来て一と休みした後、タキシーを拾って平安神宮に向った。

あの、神門をはいって大極殿《だいごくでん》を正面に見、西の廻廊から神苑に第一歩を踏み入れた所にある数株の紅枝垂《べにしだれ》、――海外にまでその美を謳われているという名木の桜が、今年はどんな風であろうか、もうおそくはないであろうかと気を揉みながら、毎年廻廊の門をくぐるまではあやしく胸をときめかすのであるが、今年も同じような思いで門をくぐった彼女たちは、たちまち夕空にひろがっている紅《くれない》の雲を仰ぎ見ると、皆が一様に、

「あー」

と、感歎の声を放った。この一瞬こそ、二日間の行事の頂点であり、この一瞬の喜びこそ、去年の春が暮れて以来一年に亘って待ちつづけていたものなのである。

彼女たちは、あゝ、これでよかった、これで今年もこの花の満開に行き合わせたと思って、何がなしにほっとすると同時に、来年の春もまたこの花を見られますようにと願うのであるが、幸子一人は、来年自分が再びこの花の下に立つ頃には、恐らく雪子はもう嫁に行っているのではあるまいか、花の盛りは廻って来るけれども、雪子の盛りは今年が最後ではあるまいかと思い、自分としては淋しいけれども、雪子のためにはどうぞそうであってくれますようにと願う。正直のところ、彼女は去年の春も、去々年の春も、この花の下に立った時にそういう感慨に浸ったのであり、そのつど、もう今度こそはこの妹と行を共にする最後であると思ったのに、今年もまた、こうして雪子をこの花の蔭に眺めていられることが不思議でならず、何となく雪子が傷《いた》ましくて、まともにその顔を見るに堪えない気がするのであった。

　桜樹の尽きたあたりには、まだ軟らかい芽を出したばかりの楓《かえで》や樫《かし》があり、圓く刈り込んだ馬酔木がある。貞之助は、三人の姉妹や娘を先に歩かして、あとからライカを持って追いながら、白虎池《びゃっこち》の菖蒲《しょうぶ》の生えた汀を行くところ、蒼竜池《そうりゅうち》の臥竜橋《がりゅうきょう》の石の上を、水面に影を落して渡るところ、栖鳳池《せいほうち》の西側の小松山から通路へ枝をひろげている一際見事な花の下に並んだところ、など、いつも写す所では必ず写して行くのであったが、ここでも彼女たちの一行は、毎年いろいろな見知らぬ人に姿を撮られるのが例で、ていねいな人はわざわざその旨を申し入れて許可を求め、無躾《ぶしつけ》な人は無断で隙をうかがってシャッターを切った。

江國香織が聴く

佐藤春夫「秋刀魚の歌」

温和な声だ。感情を込めない、さっぱりした読みぶり。こうでなくちゃ、と思う。「秋刀魚《さんま》の歌」は、静かで哀《かな》しい恋愛（の喪失）の詩で、背景にはかの有名な小田原事件（一九二一年）がある。佐藤春夫が谷崎潤一郎の妻を好きになり、谷崎が妻を譲ると約束し、にもかかわらず約束を反古《ほご》にしたために、佐藤が谷崎と絶縁した、というのがその事件の顚末《てんまつ》で、その後、谷崎は佐藤にほんとうに妻を譲ってしまう（これは一九三〇年のことで、細君譲渡事件と呼ばれている）のだが、「秋刀魚の歌」が書かれたのはまだ譲られる前、好きな女が夫の元に戻ってしまった、悲しい時期である。

詩のなかで、男は「夕餉《ゆうげ》」に「ひとり」「さんまを」たべている。以前には、「人に捨てられんとする人妻」と、「愛うすき父を持ちし女の児」と、一緒に食卓を囲んだこともあったのに。「秋風よ／いとせめて／証《あかし》せよ　かの一ときの団欒《まどゐ》ゆめに非《あら》ずと」という一節は寒々しく淋《さび》しい。

が——。若いころに書いた（そしてスキャンダルとして取り沙汰された）その恋愛詩を、いい感じに老いた（これは私の主観です）佐藤春夫は生真面目に、あっさりと、飄々と読んでいる。やさしいけれど乾いた声で、まるで自分で書いたのではないものを読むような、つきはなした読みぶりで。

録音されたのは一九六一年。若い日の恋情もいざこざも、もう秋風のかなただっただろう。センチメントのちりばめられたこの詩の外側を、時間が流れていくのが聞こえるような、しみじみした朗読だ。「さんま、さんま、／さんま苦いか塩つぱいか」。書き手の記憶とも〝事件〟とも関係なく、詩は読み継がれている。

佐藤春夫は小説も繊細ですばらしいのだが、詩のなかでの方がより大胆で自由だった人に思える。物語性の高いビビッドな詩を、他にもたくさん書いている。

佐藤春夫（一八九二－一九六四）『田園の憂鬱』『殉情詩集』『晶子曼陀羅』

佐藤春夫「秋刀魚の歌」

秋風よ
情あらば伝えてよ
男ありて
今日の夕餉に　ひとり
さんまを食ひて
思ひにふける　と。

さんま、さんま、
そが上に青き蜜柑の酸をしたたらせて
さんまを食ふはその男がふる里のならひなり。
そのならひをあやしみなつかしみて女は
いくたびか青き蜜柑をもぎ来て夕餉にむかひけむ。

「秋刀魚の歌」所収『殉情詩集・我が一九二一年』(講談社文芸文庫)

あはれ、人に捨てられんとする人妻と
妻にそむかれたる男と食卓にむかへば、
愛うすき父を持ちし女の児は
小さき箸をあやつりなやみつつ
父ならぬ男にさんまの腸をくれむと言ふにあらずや。

あはれ
秋風よ
汝こそは見つらめ
世のつねならぬかの団欒を。
いかに

秋風よ
いとせめて
証せよかの一ときの団欒ゆめに非ずと。
あはれ
秋風よ
情あらば伝へてよ、
夫を失はざりし妻と
父を失はざりし幼児とに伝へてよ
——男ありて
今日の夕餉に　ひとり
さんまを食ひて
涙をながす　と。

さんま、さんま、
さんま苦いか塩っぱいか。
そが上に熱き涙をしたたらせて
さんまを食ふはいづこの里のならひぞや。
あはれ
げにそは問はまほしくをかし。

（大正十年十月）

島田雅彦が聴く
武者小路実篤「お目出たき人」

自分は女に飢えているが、彼女ならこの飢えを癒《いや》してくれると信じて、口すらきいたことのない女を見初め、彼女に幸あれと願いつつ、熱烈に追いかけ回す。勘違いの片思いも度が過ぎれば、完全にストーカーと化す。主人公の不器用さを見る限り、それ以外に恋を起動させる術《すべ》がなかったのだろう。そんな男を「お目出《めで》たき人」と笑い、その一途さに一定の理解と共感が得られた時代があった。

態度価値というコトバがある。たとえば、何をしても誤解される、不謹慎と思われるような事態に直面したら、人は何ら行動を起こすことができず、ただ誠実な態度を取るほかない。礼儀正しく、誠実であること以外に取り柄《え》がない人でも、その態度自体に価値があるという考えだが、武者小路実篤の魅力もこれに尽きる。一見、鈍感に見えるのだが、実は繊細で、傷つきやすい男たちが自らを守るために誠実を尽くしているのである。最初は不器用だな、芸がないな、と呆《あき》れられるが、やがて、そのひたむきさに感動する人が出て来る。結果的に小細工を弄《ろう》するよりも説得力があったりする。まさに『イワンの馬鹿』を地で行くようなものだ。

数えで八十になる実篤はかなりの早口で自作を読む。ほとんど主語と述語だけの短い文章が、問答無用の断定調で、時にリフレインされながら、畳み掛けられる。見たままの行動の記述、何の屈託もない率直な感情の吐露である。一瞬、小学生の作文かと錯覚しそうでさえある。『友情』の最後の件《くだり》の朗読にいたっては、実篤本人が感極まり涙ぐんでいる。あまりに純粋、あまりに単純。

トルストイの影響を受け、ユートピア運動である「新しき村」を運営した理想主義者の晩年の悠々自適ぶりを私はよく覚えている。脱力の格言と素朴な野菜の絵で親しまれてもいた。こういう愚鈍さをいつか自分も体現してみたいが、それには誰が何といおうと動じない信念が必要である。

武者小路実篤（一八八五－一九七六）『お目出たき人』『友情』『愛と死』

武者小路実篤「お目出たき人」

『お目出たき人』（新潮文庫）

自分は話頭を変えた。そうして十一時半頃まで友の所に居て帰路についた。中野の停車場まで友は送って来た。電車は来ていない。そうして中々来ない。自分は来てくれない方がいいのだ。自分は中野の友の所へ来る時、帰る時、鶴と電車で同車することを想像しないことはない。そうして電車をまてばまつ程鶴に逢う機会の多いように思えて嬉しい。

その内に電車が来た。自分は友と挨拶して電車にのって真中より少し後ろに腰をかけた。のって暫くしてから出た。鶴は停車場で電車を待っているかも知れないと思った。しかし今十二時頃だから飯を食っているだろうと思い返した。しかし何時ものように大久保につくことを楽しみにしていた。電車が柏木に着いて一寸止って柏木を出た。自分の胸はせばまるように覚えた。之は珍らしいことではない。そうしてこう云う感じを何十度味わったか知れないが、鶴に会ったことはただ一度だった。それは去年の四月四日である。

電車が大久保につく時、自分はこわごわプラットホームを見た。六七人待っている人があった。その内に若い女が一人いた。鶴じゃないかと思っている内に電車は益々近づいて止った。

鶴だった！　鶴はこの瞬間に自分に気がついたらしかった。後ろから乗ろうとした足がこの時ピタッと止った。鶴は引きかえして前から乗った。自分と見合った時、目と目があった。鶴は赤い顔して目をそむけた。そうして自分の腰かけている右側に腰をかけた。鶴と自分の間には三人の人がいた。

自分は鶴の大人になったのに驚いた。鶴は相変らず粗末な着物を着て薄くお白粉をぬっていた。自分は鶴程美しい女を見たことはないと思った。

優しい、美しい、そうして表情のある顔、生々した目、紅の口唇、顔色もいい、自分は鶴の顔をもっとはつきり見たいと思った。

本郷和人が聴く

井上靖「天平の甍《いらか》」

奈良時代。仏教界には僧侶が守るべき戒律が伝わっていなかった。不純な理由での出家も相次ぎ、僧尼の堕落が甚だしかった。僧界を律するために、唐から師を招き、受戒の制度を整えねばならぬ。その大任を託されたのが普照《ふしょう》と栄叡《ようえい》であった。

二人は留学僧として唐土に渡り、高僧・鑑真《がんじん》と出会う。鑑真は戒を自ら伝えることを快諾するが、日本への渡航は困難を極めた。十年間に五度も失敗して、その間に鑑真は失明する。だが普照はついに天平勝宝五年（七五四）、鑑真とその弟子たちを遣唐使の船に乗せ、日本に連れ帰る。著者・井上靖は淡海三船《おうみのみふね》の『唐大和上東征伝』をもとに、この壮大な話を小説化した。

しかし朗読が、なぜこの場面だったのか？　普照らと鑑真の邂逅《かいこう》、栄叡の死、鑑真の失明、日本への到着。劇的な瞬間はいくらもある。にもかかわらず、ごく日常的、平凡とすらいって良いこの場面を、どうして井上は選んだのか。そして、平明にというと聞こえは良いが、しごく淡々と読んだのか。私は考え込んだ。

暫《しば》らくして漸《よう》やく考えついたのは、師弟の対話こそがカギではないかということだった。目覚めた普照は「照よ、よく眠れたか」との師の問いかけに驚く。なにゆえ盲目の師が自分の起床を認識できたのか。「判《わか》るはずはない。先刻から何回か無駄に声をかけていたのだ」「仏は常にいませども」という『梁塵秘抄《りようじんひしよう》』の歌がある。そうだ。仏は、師は、常に救いの声をかけてくれている。問題は、人が、弟子がそれに気がつくかどうかなのだ。仏と人が、師と弟子が不思議な巡り合わせで出会い、心を通わせる。それが「有縁《うえん》」である。日本が有縁の国であったから、鑑真は苦難を超えてやって来た。来てくれた。

そう思えば鑑真の言葉を読む井上の声もまた、優しく聞こえる。縁が結ぶ師弟の絆。ふとした偶然もまた必然たり得る。それがこの物語の、朗読の真骨頂ではなかろうか。

井上靖（一九〇七－一九九一）『氷壁』『天平の甍』『蒼き狼』

井上靖「天平の甍」

遣唐使の一行は三班に別れて黄泗浦に向った。第一班が揚州を発したのは十月十三日、それから二日置いて第二班が、さらに二日置いて第三班が出発した。業行は厖大《ぼうだい》な経巻類とともに第二班の船に乗った。

普照はぎりぎりまで玄朗を待って第三班の船で揚州を離れるつもりであったが、乗船の日、やはり同じ船に乗ることになっていた古麿から、鑒真らが十九日の夜に揚州を発つ手配が調《ととの》ったということを聞いて、予定を変えて、自分も鑒真らと一緒に発つことにした。僅か二、三日のことではあったが、玄朗のためにぎりぎりまで揚州に留まっていてやることにしたのである。

古麿の話では、鑒真の弟子である婺州《ぶしゅう》(現在の浙江省《せっこうしょう》金華県)の仁幹《じんかん》という僧侶《そうりょ》が、鑒真の渡日のことを聞いて、当夜ひそかに江頭に船を廻《まわ》し、それで鑒真の一行を黄泗浦に運ぶことになっているということであった。

普照は十九日夕刻まで禅智寺にいたが、ついに玄朗からの連絡はなかった。仕方がないので玄朗のことは諦《あきら》めて、普照は単身揚州を出て江頭に向った。仁幹禅師の船はすぐ判ったが、普照の到着《とうちゃく》した時は、まだ鑒真ら一行の姿は見えなかった。普照は船に乗って不安の中に一刻を過した。河岸の暗闇《くらやみ》の中を何人かの人々が近づいて来る気配がして、普照は船を出て堤《つつみ》の上に立った。やって来たのは鑒真らではなく、二十四人の沙弥《しゃみ》であった。彼らは口々に和上は海を東へ向おうとしている、もはやここでお別れすれば再びお目にかかることは望めない、どうか最後に、結縁《けちえん》に与《あずか》りたいものであると言った。

沙弥たちが来て更《さら》に半刻《はんとき》ほどして、こんどは鑒真らの一行がやって来た。普照は堤の上に出て、暗闇の中で自分の名を言った。すると、すぐ闇の中から「照」と和上の声が応じて来た。

普照はその声の方に近寄って行って、師の手を執《と》っ

『天平の甍』(新潮文庫)

た。曾《かつ》て、天宝九年の夏六月、韶州《しょうしゅう》の開元寺の一室で別れる時そうしたように、普照は鑒真の骨太《ほねぶと》の、併し皺《しわ》だらけの手が自分の頬《ほお》に、肩に、胸に触《ふ》れるのを感じた。普照は感動のあまり一語をも口から発することはできなかった。

鑒真は河岸で自分を待っていた二十四人の人々のために具足戒を授《さず》けた。そしてそれが終り、一行が船に乗ると、直ちに船はゆるやかに大江を下り始めた。

普照は感慨《かんがい》無量であった。鑒真と一緒に日本へ向うために大江を下るのはこれで三回目であった。第一回目の天宝二年十二月の船出は月明の夜であったが、二回目天宝七年六月の時はこんどと同じような漆黒《しっこく》の闇夜であった。最初の時からは十年、二回目の時からは五年の歳月が経っていた。

普照は船に乗ってから自分が大伴古麿にその名を挙げておいた思託、法進《ほっしん》、曇静《どんじょう》、義静《ぎじょう》、法載《ほっさい》の五人が鑒真に随《したが》っており、そのほかに、竇州《とうしゅう》開元寺の法成ら九人の僧侶、十人の同行者があることを知った。その同行者の中には胡国《ここく》人、崑崙《こんろん》人、瞻波《チャンバ》国人もはいっていた。荷物は殆《ほとん》どなかった。鑒真は厖大な将来品を用意したが、何回かに亘《わた》って、それらは既に発航地に送り出してあるということであった。

普照は鑒真の顔は勿論のこと、思託の顔も見たかったし、法載や曇静の顔も見たかった。併し、夜が明けるまではその声を聞くだけで満足しなければならなかった。

暁方《あけがた》、普照は眠《ねむ》りから覚《さ》め、初めて盲《めし》いた師鑒真の顔を見た。鑒真は眠っているのかいないのか、船縁《ふなべり》に背をもたせるようにして、少し顔を仰向《あおむ》けて坐《すわ》っていた。普照は三年の歳月が和上の顔を老いたものにしているとばかり思い込んでいたが、鑒真は寧《むし》ろ若々しい顔になっていた。両眼は明を失していたが、そこには少しも暗いじめじめしたものはなかった。かつての鑒真の持っていた烈《はげ》しい古武士的なものはもう少し落ち着いた形のものになり、六十六歳の鑒真の顔は静かな明るいものになっていた。

鑒真は突然《とつぜん》、そこから三間ほど離れていた普照の方へ顔を向けた。正面から見ると、穏やかではあったが、やはり鑒真独特の意志的な顔であった。

朝吹真理子が聴く
川端康成「伊豆の踊子」

耳をそばだてても、いったい、どの場面を朗読しているのかわからなかった。言葉から立ちのぼってくるのは、小説の光景ではなかった。朗読者の喉元《のどもと》のイメージばかり浮かぶ。言葉は発せられた瞬間に途切れてしまう。

読み上げているのは、ほかならぬ作者の川端康成なのに、幾度も声が失われてしまう。ソノシートに編集された録音とは別のバージョンもあり、不断に途切れては、川端の「ややこしいですな……」という照れ笑いが入ってしまう。はじめは途絶がおかしくて、「はは」と声をあげながら聴いていた。川端の声は、緊張しているわけではまったくない。文字につまずいているのか、場面がよぎっても、それがことばになってゆかない。よくわからない。物語が進行しないたどたどしさが、次第に、恐ろしく思える。作品と作者は、ここまでも断絶しているものなのかと実感する。書き終わった瞬間に作品は書き手から離れてゆく。川端の朗読はもぬけのからのように響く。知らないものを読まされているような違和感がある。だから行を飛ばして読んだりする。

録音は、昭和三十五年、帝国ホテルの一室でおこなわれた。私たちは、川端康成がどういう死を迎えるのかを知っている。「古都」を書きはじめるころだから、眠剤のせいでろれつがまわっていないのか、とか、どうしても、声を震わせている肉体に気をとられてしまう。私たちは録音された時間より未来にいるから、事故死か自殺かはわからないが、口にガス管のチューブをくわえていた、ともいわれた川端の死のすがたを知っている。録音後記には、「様々な感慨が去来する」から言葉につまるのだと推していたが、そういう声には思えない。「書き手」と作品との決定的な断絶だけがきこえる。声を震わせる喉元のイメージばかり鮮烈に到来する。川端の曖昧《あいまい》な笑い声で録音自体も途絶する。

川端康成（一八九九―一九七二）『伊豆の踊子』『雪国』『古都』

川端康成「伊豆の踊子」

『伊豆の踊子』（旺文社）

芸人達はそれぞれに天城を越えた時と同じ荷物を持った。おふくろの腕の輪に小犬が前足を載せて旅馴れた顔をしていた。湯ヶ野を出外れると、また山にはいった。海の上の朝日が山の腹を温めていた。私達は朝日の方を眺めた。河津川の行手に河津の浜が明るく開けていた。

「あれが大島なんですね」

「あんなに大きく見えるんですもの、いらっしゃいましね」と踊子が言った。

秋空が晴れ過ぎたためか、日に近い海は春のように霞《かす》んでいた。ここから下田まで五里歩くのだった。暫《しばら》くの間海が見え隠れしていた。千代子はのんびりと歌を歌い出した。

途中で少し険しいが二十町ばかり近い山越えの間道を行くか、楽な本街道を行くかと言われた時に、私は勿論《もちろん》近路を選んだ。

落葉で辷《すべ》りそうな胸突き上りの木下路《このしたみち》だった。息が苦しいものだから、却ってやけ半分に私は膝頭《ひざがしら》を掌で突き伸すようにして足を早めた。見る見るうちに一行は後《おく》れてしまって、話し声だけが木の中から聞えるようになった。踊子が一人裾を高く掲げて、とっとっと私について来るのだった。一間程うしろを歩いて、その間隔を縮めようとも伸そうともしなかった。私が振り返って話しかけると、驚いたように微笑《ほほえ》みながら立ち止って返事をする。踊子が話しかけた時に、追いつかせるつもりで待っていると、彼女はやはり足を停めてしまって、私が歩き出すまで歩かない。路が折れ曲って一層険しくなるあたりから益々《ますます》足を急がせると、踊子は相変らず一間うしろを一心に登って来る。山は静かだった。ほかの者達はずっと後れて話し声も聞えなくなっていた。

「東京のどこに家があります」

「いいや、学校の寄宿舎にいるんです」

「私も東京は知ってます、お花見時分に踊りに行って――。小さい時でなんにも覚えていません」

それからまた踊子は、

「お父さんありますか」とか、

「甲府へ行ったことありますか」とか、ぽつりぽつりいろんなことを聞いた。下田へ着けば活動を見ることや、死んだ赤坊のことなぞを話した。

山の頂上へ出た。踊子は枯草の中の腰掛けに太鼓を下すと手巾《ハンカチ》で汗を拭いた。そして自分の足の埃《ほこり》を払おうとしたが、ふと私の足もとにしゃがんで袴《はかま》の裾を払ってくれた。私が急に身を引いたものだから、踊子はこつんと膝を落した。屈《かが》んだまま私の身の周りをはたいて廻ってから、掲げていた裾を下して、大きい息をして立っている私に、

「お掛けなさいまし」と言った。

腰掛けの直ぐ横へ小鳥の群が渡って来た。鳥がとまる枝の枯葉がかさかさ鳴る程静かだった。

「どうしてあんなに早くお歩きになりますの」

踊子は暑そうだった。私が指でべんべんと太鼓を叩くと小鳥が飛び立った。

「ああ水が飲みたい」

「見て来ましょうね」

しかし、踊子は間もなく黄ばんだ雑木の間から空《むな》しく帰って来た。

「大島にいる時は何をしているんです」

すると踊子は唐突に女の名前を二つ三つあげて、私に見当のつかない話を始めた。大島ではなくて甲府の話らしかった。尋常二年まで通った小学校の友達のことらしかった。それを思い出すままに話すのだった。

十分程待つと若い三人が頂上に辿《たど》りついた。おふくろはそれからまた十分後れて着いた。

下りは私と栄吉とがわざと後れてゆっくり話しながら出発した。二町ばかり歩くと、下から踊子が走って来た。

「この下に泉があるんです。大急ぎでいらして下さいって、飲まずに待っていますから」

水と聞いて私は走った。木蔭《こかげ》の岩の間から清水が湧《わ》いていた。泉のぐるりに女達が立っていた。

奥泉光が聴く
野上弥生子「迷路」

物語は元来口演されたものであって、かたり手の声やパフォーマンスとともにあったことは云《い》うまでもない。文字で書かれた物語、と定義して的外れではない小説は、だから口演に馴染《なじ》みがないわけではなく、小説の文章について、声やかたりが云々《うんぬん》されるのはそのせいである。とは云え、近代以降の小説が、口演のかたりから離れることで地歩を固めてきたことは間違いない。その究極はかたりを「消去する」技法、いわゆるリアリズムのそれで、かたりの介在なく、あたかも小説中の出来事に読者が直面しているかのように感じさせる技法は、小説の方法の中心をなす。その一方で、近代小説はかたりのなかに複数の声を響かせる方法もまた洗練させてきたので、多様な声を小説中にいかに組織するかは、作家が最も神経を使うところである。

戦前昭和の、戦争へ向かう時代を描いた、野上弥生子の長編小説『迷路』は、いくつもの骨太な物語が交錯する、日本語で書かれたロマンの傑作であるが、作者が朗読しているのは、小説の後半、大陸の戦地にある主人公・省三が、歩哨として望楼に立ちつつ思索を展開する場面である。省三の思考を外側から分析する形をとる、はじめの「神」を巡る思弁は、過去の、あるいは同時代の論説や議論中にかたられた声でもって編まれ、しかしこれに続く若い妻の面影を追う部分では、一気に省三の内面に叙述は入り込んで、そこではかたりの存在をほとんど忘れて、読者は主人公の心の動きに同調する。

こうした力動的かつ繊細なテクストの魅力は、誰かが（たとえ作者であろうが）単一の声で制圧することで台無しにされてしまうだろう。このことを野上弥生子が直覚していたことは、朗読から十分に感じられる。ときに溜息《ためいき》の交じる平板な調子には、自分一個の声で全体を支配してよいのだろうかとの逡巡《しゅんじゅん》がある。近代小説はやはり黙読されるべきものなのだ。

野上弥生子（一八八五－一九八五）『海神丸』『迷路』『秀吉と利休』

野上弥生子「迷路」

『迷路』（岩波文庫）

いうまでもなく省三は神をもたず、その必要を感じたことさえない日本の若い世代の一人に属する。しかもこのことは、大学生の彼に時代が身につけさせた唯物史観とは関係なかった。奇妙なこの現象が、まことは些《いささ》かも矛盾なくはなはだ自然であるところに、彼らの、そうして彼自らの姿がかえって鮮明になる。「物」の理念によって、いいかえれば、科学でひき裂き、追いつけなければ除去されない宗教心のごときは、はじめから持ちあわせないのである。これを悲しむべき状態とする、しないにかかわらず、日本の精神史を跡づければ、この沙漠とても一つの必然であることは認めなければならない。しかし省三の思惟《しい》は、それとはべつな溝へ流れて行った。もしむかしの人間が、絶対者と自己とのつながりを思いめぐらすことから神を考えたように、なにかの機会と条件が、彼に自らの神を考えさせたとすれば、果してどんな神を考えたであろう。シントウイズムの神を、またそれの遠い苗裔《びょうえい》たるテンノウ、現人神《あらひとがみ》を考えるはずはなかった。いつ、何時《なんどき》、暗誦させられようがまごつかない勅諭の熟達と、この事実が別問題であるのは、彼にはかぎらない。なお父祖までは、かたちだけでも手をあわせた仏に対しても、完全に無縁である。とすれば、残るのは西欧的な神しかない。精神と知識のよりどころを、ことごとくその文化圏におうているものにとっては、たしかに親近感のもてる神にちがいなかった。またそれとて、現在のヨーロッパ人には歴史的な一つの名前にすぎず、つねは忘れているか、悪態にしか使わないといい得る。にもかかわらず運命的な瞬間には、それにむかっての呼びかけが最大のなぐさめになるような、それほど自然にして柔軟な合体に、異邦人の彼らが到達されるだろうか。どうであろう。かかる疑いは、信仰者にはもとより怖るべき冒瀆であり、信ずることなく、たんに神を考えようとするものの不遜な迷妄《めいもう》とされるであろう。しかし――

省三は知らず知らず慎吾に似た疑いにおちいってい

る自分を見いだした。あの純真な青年は、手記に秘めた若いこころの苦悩と、あがないの決意から戦場での死をあえて択みつつも、いかに救いなく、みじめな念《おも》いで死んで行くかを悲しみ、怖れた。習慣的にでも、とにかく洗礼名をもっているかぎり、欧米の兵士なら、最後は血の中の神にすがれると想像することで、彼は敵を羨んだ。これは万里子の手紙にも通じないだろうか。いかにお伽話めいた彼女流儀の神にしろ、発見がうそものでないらしいのは、見つけたのではなく、血管にはじめからもっていたのだ、といえるかも知れない。つねはまわりの女たちの容貌とそうかわりなく見えて、ふとまたたく眼の青っぽい翳《かげ》りや、小鼻から頬にかけての線がかえって締まって、上唇がほんのすこしめくれる立体的な微笑に、アリアン系の母の面影がまぎれなく浮きあがる。ちょうどあれなのだ。省三はその小さい玉子なりの顔にむかっていうかのように、口にだしてつぶやいた。血は争えない。たしかに、――が、とつぜん彼は自分の言葉に自分でおびえた。妻は藍衣の一人の兵士でかき消された。兵士は楯にとったなつめの幹から、ばっさり倒れた。もう動かなかった。そのシナ人をそこにたちまち死体にさせたのは、なにか。鉄兜をかすめた弾丸の、かちんと鳴った一つのかすかな音、ほんのそれだけにもかっと夢中にさせ、手榴弾を投げつけさせたほど激しい、日本軍隊の一兵卒としての血の沸騰ではなかったか。

この出来事はいまだに強く省三をつかんでいた。殺さなくもすんだ人間をおれは一人殺した、と思うことは、血に対する憎みでもあった。わけてもそれが国家、民族の名において利用される場合の、この上なく狡猾な悪こそ戦争である。しかも省三の頭上には、あの日の鉄兜がそのまま載っており、右手にさげた銃は、あの瞬間にぎって駈けだした銃ではないか。彼はかくまで否定している組織において、なお忠実な一哨兵として深夜の望楼にたっている。鉄兜も、銃も、すてて逃げだそうとしないのは、銃殺がおそろしいのか、それとも数百万の若い日本人が、日本人であることによって洩れなく課せられている運命に、とにかく殉ずるのを正義と考えたのはそれも血の命令であったのか。省三自らとしては、ただ狡くは行動しまいとしたに過ぎない。避ければ避けえただけに、あえて赤紙をこばまなかったのであった。

江國香織が聴く
大佛次郎「帰郷」

名前の字面や風貌《ふうぼう》から、もっと重々しい声を想像していた。こんな声だったのか！　とだからまず驚いた。高い、線の細い、軽やかな声。ちっとも文豪ぶらない声だ。文豪なのに。その軽やかな声を衒《てら》いなく素直に張って、作家が朗読しているのは父と娘の再会の場面で、地の文よりもセリフが多く、そのせいかちょっとラジオドラマみたいに聞こえる。

編集部の人に聞いて知ったのだけれど、「帰郷」は、いま入手するのがやや困難な本なのだそうだ。残念なことだ。おもしろいのに。そして、小説の書かれた昭和二十三年によりもむしろいま読んだ方が、大佛《おさらぎ》次郎という人がどのくらい確かな目を持っていたかがたぶん、より鮮明にわかるのに。

自選集のあとがきのなかで、大佛次郎はこの小説を、「敗戦の後のアメリカ軍の占領中に書き、公然としたものでない実力的な検閲下におおっぴらに新聞に連載されたもの」だと説明し、新聞小説というものの性質上、一部のインテリ層以外の人たちにも愉《たの》しんでもらえるように心掛けて書いたとも述べている。本意ではないことも多かったに違いない。でも、その結果この小説が書かれたのだとすれば、それはすばらしいことだ。たしかに「帰郷」の筋立てはわかりやすいが、文章は自然に優雅で、あちこちに、作者にとっての真実だと思われることや、当時の現代人への批評、日本の歴史や文化に対する考察、哲学的独白、個人と社会をめぐるヨーロッパ的な思考、といったいろいろがひっそりと埋め込まれ、きれいなおはじきみたいに光っている。筆と知性に余裕がなければできないことだ。

好き勝手に書けなかったからこそ抑制がきき、この人が若い頃に傾倒したというフランス文学にも通じる諧謔《かいぎゃく》や軽みが漂ったのかもしれない。重々しくない朗読は、そう考えると、驚くようなことではなく、いかにもこの作家にふさわしいことといえるのかもしれない。

大佛次郎（一八九七－一九七三）『赤穂浪士』『帰郷』『パリ燃ゆ』

大佛次郎「帰郷」

大佛次郎自選集『帰郷』（朝日新聞社）

「こんなことを伺っては失礼になるのだろうが、あなたなどは、どういうお宅のお嬢さんなのだろうな。」

「内……ですか。」

「お父さまは、何をしておいでです。」

「職業で御座いますか。」

「そう。」

伴子は、ふと、何かに押し出されたような心持になって、はっきりと云った。

「父は、海軍で御座いました、もと。」

「海軍？」

と、恭吾は目を上げて伴子の顔を見て、

「それは。」

と、呟いた。

籠《こも》っていた意味はわからなかったが、響きは深く、調子は複雑な色合を帯びていて、伴子の胸に軽い動揺を呼び醒《さま》した。父親は、何かを感じたのであろうか。言葉は切れていた。夏の午後の静けさがあたりを支配していた。

竜門の滝、鯉魚石と立札に示して、岩組に滝とは云えない水の落ちているところがある。その前に、ふたりは出ていたのである。楓が枝を差し伸べて明るい影を地面に落していた。

「それで、」

と、ゆっくり恭吾は云った。

「お父さまは御健在なのですな。」

自分の父親と信じている男の顔を、伴子は大きな目で見まもり、強く頷いて見せた。故意にそうしたように自分も感じたことである。その一歩手前に、崩れるように何もかも打ち明けて了いそうになっている烈しい感情がすれすれのところまで昂《たか》まって来ていた。

伴子が見て、恭吾は姿勢を正して、平静の容貌でいた。立派な紳士というのか、あるいは若少の者をいたわる心遣いか、目もおだやかだし、礼儀も失わず、見事に平均の取れた静かな心が、最初から感じられていたのである。

「それは、よかった。」

と、恭吾はそのまま云った。

「どうも、人が死に過ぎた。」

ふいと、伴子は、自分も知らずに抑え切れない微笑を泛《うか》べた。意地の悪いような心持がどこかに潜んでいた。自分の前にいる行儀が平静で体格も堂々とした父親が、その静かな故に、可笑しくて、可哀想な弱いもののような気がして来るのだった。まだ伴子と知らないんだわ。そう思ったばかりに、伴子は、軀《からだ》までほてって来そうに妙に気持が明るくなり、顔色も輝き出した。

何か云いたそうに彼女は唇を動かした。そして、父親に向けている瞳はいたずらを企てている小さい子供の目のように不逞《ふてい》で、無邪気で、きらきらしたものに変って来ていた。

父親は何も知らずに云い出した。

「私も海軍にいたことがある。あなたぐらいのお嬢さんのある方だと、兵学校もあまり違っておらん筈のように思うが。」

伴子は不意にそれを遮《さえぎ》った。

「お父さま。」

と、素直に、すらすらと口に出て、

「あたし、伴子なんです。」

恭吾は伴子を見返していた。無言のままでいる。伴子の深い感動は自分の軀から揺さぶり出したものであった。明るい心は、拡がり出したらもう制止出来なかった。父親が怪訝《けげん》らしく自分を見まもっているのでさえ、盲目のひとの不自由な動作を見まもっているような、手を取って、いたわり度いような心持が働いて来た。少しずつ父親は気がついて来たようである。

「伴子なんです。」

と、繰り返して云い、

「おわかりになりません?」

恭吾は、目がうるんで来ていたが、姿勢も表情もみだれず、伴子が見ても静かなのが美しいくらいであった。

いとうせいこうが聴く

開高健「ベトナム戦記」

今、『国境なき医師団を見に行く』という個人的な連載をネットで続けているのだが、書く時に意識しているのは開高健『ベトナム戦記』なのだった。私はむしろ小説の開高を面白がって来たのに、結局評価の高い従軍記の中の彼の存在が光ってきたのである。

そこで読んでみたし、聞いてみた。

文はきわめて鋭利で、なおかつ情感が粘っこくて重い。セリフのタッチは酒場の人間を描くようなのに、意味は戦争と死をめぐっている。ハードボイルドで的確である。

それを開高は急に読み出す。激しい銃撃戦を生き延びてサイゴンに帰った瞬間の部屋の描写で、また少年兵が無残に処刑される箇所を。

読むまで作者はあれこれと現代批評をしている。なかなか朗読に入らない。乞われて仕方なく飛ばし飛ばしに読む。それでは短いと言われてまたいやいやながらという感じで、再び朗読を始める。

照れている。しかしいったん文を読み始めると、照れは消える。関西弁のイントネーションは粘る。しかし特有であるはずの母音の粘りはむしろなく、シャープに終わる。子音が訛《なま》っているかに聴こえる。単語の終わりが常に爽やかに響き、それが強い論理性を感じさせる。文全体の流れは西の調子で、単語ごとの切れ味が東の印象を持つ。音が関西弁で構築されるが、文法が標準語であることの二重性がこうも鮮やかに魅力を放つのかと、今さらながら驚いた。そして嫉妬した。私自身には標準語の文と音しかないから。

とはいえ、開高健の関西性を強調し過ぎてもいけない。むしろ「標準語性」がきっちり習得されているからこそ、読まれた時の日本語に新たな情が生まれる。切り分けた論理の下にあるエモーションが。

植民地で生まれた言語によるいわゆるクレオール文学は、すでに開高の文の中にある。

開高健（一九三〇－一九八九）『裸の王様』『ベトナム戦記』『輝ける闇』

開高健「ベトナム戦記」

『ベトナム戦記』（朝日文庫）

五時四十五分。

一台の白塗りのステーション・ワゴンが広場に入ってきて砂袋の前でとまった。後手に手錠をはめられた一人の細い青年がおろされ、軍用トラックの灯のなかをひきたてられていった。彼は昨日の午後一時に軍事法廷で死刑を宣告され、いままでチ・ホア刑務所にいたのである。十六時間四十五分独房に閉じこめられていたのである。柱にくくりつけられ、黒布で目かくしされようとしたとき、彼は蒼白で、ふるえていた。カトリックの教誨師、肥ってブタのような顔をした教誨師がつきそい、耳もとで何かささやいたが、青年は聞いている気配はなかった。うなずきもしなかった。ただこわばってふるえていた。やせた、首の細い、ほんの子供だった。よごれたズボンをはき、はだしで佇んでいた。

短い叫びが暗がりを走った。立テ膝をした一〇人のベトナム人の憲兵が一〇挺のライフル銃で一人の子供を射った。子供はガクリと膝を折った。胸、腹、腿にいくつもの黒い、小さな小さな穴があいた。銃弾は肉を回転してえぐる。射入口は小さいが射出口はバラの花のようにひらくのである。やがて鮮血が穴から流れだし、小川のように腿を浸した。肉も精神もおそらくこの瞬間に死んだのであろう。しかし衝撃による反射がまだのこっていた。少年はうなだれたままゆっくりと首を右、左にふった。

「だめだ。だめだ。まだだめだ」

そうつぶやいているように見える動作だった。将校が近づき、回転式拳銃をぬいて、こめかみに一発〝クー・ド・グラース〟（慈悲《と》の一撃《どめ》）を射ちこんだ。少年は崩れ、うごかなくなった。鮮血がほとばしってやせた頰と首を浸した。

銃音がとどろいたとき、私のなかの何かが粉砕された。膝がふるえ、熱い汗が全身を浸し、むかむかと吐気がこみあげた。たっていられなかったので、よろよろと歩いて足をたしかめた。もしこの少年が逮捕されていなければ彼の運んでいた地雷と手榴弾はかならず人を殺す。五人か一〇人かは知らぬ。アメリカ兵を殺すかもしれず、ベトナム兵を殺すかもしれぬ。もし少年をメコン・デルタかジャングルにつれだし、マシン・ガンを持たせたら、彼は豹のようにかけまわって乱射し、人を殺すであろう。あるいは、ある日、泥のなかで犬のように殺されるであろう。彼の信念を支持するかしないかで、彼は《英雄》にもなれば《殺人鬼》にもなる。それが《戦争》だ。しかし、この広場には、何かしら《絶対の悪》と呼んでよいものがひしめいていた。あとで私はジャングルの戦闘で何人も死者を見ることとなった。ベトナム兵は、何故か、どんな傷をうけても、ひとことも呻めかない。まるで神経がないみたいだ。ただびっくりしたように眼をみはるだけである。呻めきも、もだえもせず、ピンに刺されたイナゴのように死んでいった。ひっそりと死んでいった。けれど私は鼻さきで目撃しながら、けっして汗もかかねば、吐気も起さなかった。兵。銃。密林。空。風。背後からおそう弾音。まわりではすべてのものがうごいていた。私は《見る》と同時に走らねばならなかった。体力と精神力はことごとく自分一人を防衛することに消費されたのだ。しかし、この広場では、私は《見る》ことだけを強制された。私は軍用トラックのかげに佇む安全な第三者であった。機械のごとく憲兵たちは並び、膝を折り、引金をひいて去った。子供は殺されねばならないようにして殺された。私は目撃者にすぎず、特権者であった。私を圧倒した説明しがたいなにものかはこの儀式化された蛮行を佇んで《見る》よりほかない立場から生れたのだ。安堵が私を粉砕したのだ。私の感じたものが《危機》であるとすると、それは安堵から生れたのだ。広場ではすべてが静止していた。すべてが薄明のなかに静止し、濃縮され、運動といってはただ眼をみはって《見る》ことだけであった。単純さに私は耐えられず、砕かれた。

本郷和人が聴く

海音寺潮五郎「武将列伝　勝海舟」

他の国より強烈に機能する日本における「世襲」の原理と社会の関係を時間軸にそって考察することは、歴史研究者としての私の重要なテーマの一つである。国内の政争や戦乱がさまで凄惨《せいさん》にならず、比較的おだやかに時勢が推移してきたのは事の善悪はさておいて「世襲」重視と関連あり、というのが私の見立てだが、そうした時に問題になるのが明治維新である。明治新政府は日本史上で唯一「世襲」に重きを置かなかった組織であるが、「富国強兵」と「才能重視」は二百万人を超える犠牲者を出したあの痛ましい戦争といかなる因果関係をもつのか。太平洋戦争を必然的に招来するがゆえに、明治維新自体が失敗であったと考察する向きもあるが、そこに理があるか否か。

作家・海音寺潮五郎は「明治維新の達成を否定するのは、誤りである」と断じる。歴史資料を自在に読みこなし、古今東西の歴史に通じるこの達人は、倒幕と維新を画期的な大事業と評価する。かかる大きな視座に照らし合わせてみると、勝海舟の代表的な事績は、咸臨丸《かんりんまる》でのアメリカ渡航でもなければ、日本海軍の創設でもない。海音寺が敬愛してやまぬ西郷隆盛とともに成就した「江戸城の無血開城」になる。いわば、これ以上ないほどに「きれいに負けた」ことに求められるのだ。いかにも海音寺にふさわしく思える重厚な声と語りとが、そのことを諄々《じゅんじゅん》と説き聞かせてくれる。

私の周囲の歴史研究者には勝を嫌う人が少なくない。いわく「ほらふき」。あるいは「目立ちたがり屋」。豊富に残された言行録など史料を読み進めるうちに、彼の強烈な自我に辟易《へきえき》するのだそうだ。だが海音寺が語るように、江戸の住民たちを戦火から救った功績は間違いのないものに思える。歴史は一人の英雄が作るものではないが、歴史的個人は、時に多くの尊い人命を救うこともできる。太平洋戦争に勝はいなかった。それがなにより悔やまれる。

海音寺潮五郎（一九〇一－一九七七）『武将列伝』『天と地と』『西郷隆盛』

海音寺潮五郎「武将列伝　勝海舟」

「勝海舟」所収『武将列伝　江戸篇』（文春文庫）

翌日、田町の薩摩屋敷（これは大西郷全集伝記篇の説。海舟日記では前日と同じく高輪屋敷）で会った。この日麟太郎は登城して大久保一翁らと西郷との談判の下相談をしてから出かけた。大久保は護衛の兵を連れて行けと言ったが、麟太郎は、

「誠意をもっての談判に護衛の兵はいりません」

と答えて、馬丁一人を連れて、騎馬で出かけた。

西郷に会うと、麟太郎はふところから書付を出して、西郷にわたした。

「徳川家重臣共の意見をまとめてまいったものです。この前山岡がいただいて来たご沙汰書にたいして異議を申し立てているわけではもちろんありませんが、家中取鎮めの都合もありますれば、嘆願いたす次第でござる」

一、慶喜は隠居の上、水戸表に在るよう願いたい。

一、城明渡し申した上は、田安家へお預け願いたい。

一、軍艦、兵器は、ご寛典の上は、相当の員数だけのこしおきたい。

一、城内住居の家臣共は城外において慎みまかりあるようしていただきたきこと。

一、慶喜の妄動を助けた者共については、格別のご憐愍をもってご寛典なし下され、一命にかかわるようなことのないよう願いたい。但し万石以上の者もご寛典を本則として朝裁をもって仰せつけられたし。

一、士民鎮定につき、力及ばぬときは官軍のお力を借りたい。

というのであった。

西郷はずらりと目を通して、

「なるほど。よくわかりましたが、これは拙者の一存

ではからいかねもすから、唯今から総督府へ出かけて相談した上で、何分の返答いたしもす。しかし、それまでのところ、ともかくも明日の進撃だけは中止させておきましょう」

と言って、村田新八、中村半次郎の二人を呼んで、進撃中止の命令を出すように命じ、あとは昔話などしていたという。「従容として大事の前に横たわるを知らない有様には、おれもほとほと感心した」と後日談している。

西郷は麟太郎を送り出すと、大急ぎで駿府の総督府に馳せ帰って委細を報告し、さらに京都に馳せ上り、人々を説いて、大いに徳川家のために弁護した。こういう情にもろい豹変《ひょうへん》ぶりが西郷の欠点でもあれば美点でもあり、人気のあったところであろう。その結果、こうきまった。

一、慶喜の謝罪が実効立った上は、深厚の思召しを以て、死一等を宥《ゆる》され、願いの通り水戸表で謹慎することを許す。

一、城明渡し後の処置は総督宮の思召し次第にまかせる。

一、軍艦、兵器等は、一旦処分のついた上は相当な員数を渡しつかわす。

一、城内居住の家臣共の城外住居の願いは許す。

一、慶喜の妄動を助けたものの処置については、大体願いの通りにするが、会・桑のごときは、一旦問罪の兵を向け、降伏すれば許すが、拒戦するにおいては速かに屠滅《とめつ》する。

一、士民鎮定については願いの通りにする。

西郷は二十八日にはもう池上本門寺の本営に入って、四月四日勅裁の旨を麟太郎に達し、四月十一日、江戸城受取りがあった。

島田雅彦が聴く
北杜夫「どくとるマンボウ航海記」

平均所得を増やし、国民の購買力を高める高度成長には段階があり、最初は家電の導入で家庭生活を充実させることから始め、次いで車と持ち家を手に入れ、次に教育に力を入れ、海外旅行熱が高まったところで完結し、その後は成長率の鈍化とともに内向きになる。戦後、海外旅行が自由化されたのは東京オリンピックが開催された一九六四年で、それ以前は国費留学するか、外交官になるか、商社マンになるくらいしかその機会はなかった。

北杜夫は船医として漁業調査船に乗り込むという「飛び道具」を用いて、ヨーロッパに渡航し、その半年に及ぶ船旅を通じて、とぼけた凡人の好奇心丸出しの見聞録を残した。微笑を誘われる土産話の数々はその後の日本人の海外旅行の模範になったかもしれない。鼻息荒く文明論を論ずるのではなく、旅の恥を掻《か》き捨てるのでもなく、また優越感や劣等感に振り回されることなく、適度に脱力し、各地の風物、地元民の気質や不思議な立ち居振る舞いをつぶさに報告する。そのたおやかな眼差《まなざ》しはマルコ・ポーロの『東方見聞録』やコロンブスの航海日誌、ザビエルの書簡とも共通しているし、戦前のロンドンを知っていた吉田健一の境地にも近い。
北杜夫は登山家でもあり、わずか六百トンの船で外洋航海に出る冒険趣味で知られていたが、その後の文学者のアウトドア志向の先駆けでもあった。探検隊に加えてもらう際の優先順位は文学者は低いが、医者は高い。自身、精神科医でもあった北杜夫はそのメリットを生かしつつ、旅を通じて、自らの精神分析も行っていたようである。若々しく、しかもとぼけた調子で自作を読む北はある件《くだり》にさしかかると、突然、笑いが止まらなくなり、朗読が中断される。自作で笑うことのできる人は、自分を突き放してみることができる大人である。「どくとるマンボウ」と自身をキャラ化している時点で、自己精神分析の準備はできていたのである。

北杜夫（一九二七－二〇一一）『どくとるマンボウ航海記』『楡家の人びと』『白きたおやかな峰』

北杜夫「どくとるマンボウ航海記」

「私のわるい癖で、パリなんてどうせ大したものであるまいと思っていたところ、どうしてこれがおどろいた都で、実に不可思議なる都で、私は得るところがあったどころか、ほとんどサトリを開いてしまった。パリの象徴は、ヴァレット街の角にある実に汚ない床屋である。そのむさくるしさは言語に絶するのであるが、ここの親父はプロフェソールなる称号をもち（床屋の免状をとるとみんなプロフェサーになるのかどうか私は知らぬが）、半透明の（元はたしかに透明だった筈だ）ガラスに顔をつけてのぞくと、この教授が白衣をきて、薄暗い中に自信にみちてうずくまっているのである。これとサトリとをどう結びつけるかというならば、大体がサトリなどというものは各自で勝手にサトって、人に語るべきことではない。サトるとどうなるかというと、まずパンツの紐が少しゆるいことに皆は気づくであろう。これは腹部の筋肉が収縮するためである。なぜかといえばこれはなかなか難かしい問題で、たとえば『脊髄の反射弓において、求心性ノイロンをあらかじめ一定時間反復刺激を与えておくと、その後の単一刺激に対応する反射応答は著しく増大し、この現象はある時間継続する』などということを長々と書かねばならないし、とても理解しがたいであろう。私にも少しもわからぬ。さて、次にどうなるかというと、大抵の人はパンを一個食べる。腹がへるからである。次に、『タイガースはなぜ田宮を手離した？』などと怒りだすのもよく見られる現象だが、実はそんなことはてんで意に介していないのである。

モンマルトルの石畳みの上を歩いていたら、絵を描いている男が幾人もいた。パリの石畳みはあまりにも有名であるが別にどうということはなく、それだけとりだせば、リスボンの方がずっとおもむきがある。その中の一人の絵は、これがすこぶる下手であった。そ

『どくとるマンボウ航海記』（中公文庫）

もそもいかなる新理論をこの男は発明したのかと思って、私はしばし黙考してみたが、どう見てもそれは極度の色盲と乱視の所産と思えたので、そのまま去るにしのびず、ドイツ語で『芸術家！』と呟いてみた。すると彼はどうもその言葉を理解したらしく、急に二、三歩しりぞくと、カンヴァスと対象とを等分ににらみ、むっとしたしかめ面をした。これは人が得意の情をかくす表情である。私も同時にむっとした表情をしたが、これはむろん笑いをこらえるためであった。

しかしこれは私がまだサトる前のことであって、サトるとこんな余計なことは一切しなくなる。サトると網膜に映る現象なんぞに影響されなくなるから、従って目をあいていてもムダである。従って目をつぶって街路を歩くことになり、大抵は自動車にはねとばされて死んでしまう。従ってときにはサトっていないふりをすることも必要であるが、そんなことは腹立たしいことにちがいない。そこで彼はわめくことになる。『タイガースはなんで田宮を手離した？』サトると怒ったりしないというのは、あれはてんで嘘なのである。

朝吹真理子が聴く

長谷川伸「一本刀土俵入」

「それでは、はじめます」と、長谷川伸《しん》が朗読の開始を告げるところからはじまる。『一本刀土俵入』は歌舞伎でみたことがあった。親子の情や忠義とは違う、風に吹き寄せられてたまたま仲良くなった友愛のようなものが茂兵衛《もへえ》とお蔦《つた》のあいだには流れていて、忠義よりそういう吹き寄せられたような偶然の縁の方が人と人を強く結びつけるものだと思った。初演は、駒形《こまがた》茂兵衛を六代目菊五郎が演じた。六代目の演技は、登場しただけで、ひもじいおもいをしている取的《とりてき》（番付が最下位の相撲とり）だと観客がすぐにわかる。ほかのヘタな役者だと腹痛の取的になってしまう、と長谷川は録音後記で語っている。私がみたときは、茂兵衛を十八代目勘三郎、蔦を福助が演じていた。お蔦さんは酒やけしたようなだみ声でいかにも場末な感じで、茂兵衛は、子供のような、ついかまいたくなってしまうすがたをしていた。

長谷川の声は、肉厚で、喉《のど》の奥にものが絡んでいるようだったが、聞いていると安心する。ふだんからおしゃべりな人柄であろうことが朗読の前後を聞いていても伝わってくる。「本読み」という形式をとっている朗読なので、台詞《せりふ》がつづくところも役名がそのつど読み上げられる。ふだん戯曲の朗読を聞き慣れていないので、それに違和感がある。ドスのきいた声をだしたかと思えば、ト書きの部分になると、聞き手にわかりやすいよう、急に丁寧な口調になったりもするので、いまひとつ有名な大詰めをきいているという緊張感が稀薄《きはく》だった。

「ああお蔦さん、棒ッ切れを振り廻《まわ》してする茂兵衛の、これが、十年前に、櫛《くし》、簪《かんざし》、巾着ぐるみ、意見を貰《もら》った姐《あね》さんに、せめて、見てもらう駒形の、しがねえ姿の横綱の土俵入りでござんす」

名台詞を読み終えると、余韻も何もなく、長谷川の演出解説がはじまってしまう。朗読を聞いたらもう一度芝居でみたくなった。茂兵衛を演じていた勘三郎がもういないことが信じられない。


長谷川伸（一八八四－一九六三）『関の弥太っぺ』『一本刀土俵入』『瞼の母』

長谷川伸「一本刀土俵入」

三　軒の山桜

お蔦の家の前、桜の木の老い木と若木と二本植わってあり、花が咲いている。

利根川が家の横にやや遠く見える。

茂兵衛が入口の前に棒を提げ立っている。市、甚太、彦が茂兵衛に肉薄し、根吉は少し離れている。河岸山は儀十の傍に付いている。その一方にいわしの北公が二三人つれて、立会人格で見ている。

茂兵衛　（黙って睨んでいる）

市甚彦　（三人は口々に『邪魔だ退《ど》け』『退けったら退け』『退かねえか野郎』と騒々しく俄鳴《がな》り立てている）

儀　十　静まれ。（茂兵衛に）どこの何者か知らねえが、邪魔するな、退《ど》け。この家のイカサマ師の仲間だというなら、次手《ついで》に睡らせてやってもいいぞ。

河岸山　（儀十に）脛を一本、ちょッとやりますかな。

茂兵衛　手前か儀十とは。中相馬の人達に聞いてみろ、評判が悪いぞ。手前よく堅気を脅かすとなあ、悪い癖だ。そんな奴には痛い目させるが一番薬だ。

籠　彦　なんだと、ナマいうな。（猪口《ちょこ》才《ざい》に出る）

茂兵衛　まだ懲《こ》りねえか。そらよッ。（彦を叩きのめし、市、甚を叩き伏せ、河岸山が抜き討ちにかかるを打ちのめす。北公らが、一斉に組んでかかるので、棒をすて、取って投げて目をまわさすのが角力のワザ）

儀　十　（角力のワザならこちらの得手で、ニヤリとして、肌脱ぎとなり）野郎、一騎打ちだ。棒をとるな、棄てろ。

茂兵衛　よし。（棒を棄てる）

『一本刀土俵入』（富士見時代小説文庫）

根　吉　（今までじッと見ている。敢然として儀十に先んじ茂兵衛にかかる）
茂兵衛　（押え付けて顔をみる）お前はこの中では少しマシだ。退いてろ。
根　吉　俺たちには理も非もねえ。たった一つ意地ばかりだ。（飛びかかる）
茂兵衛　（押え込んで）そんならお前ちッとの間、静かになれ。（当身を食わせ、倒れるを少し介錯《かいしゃく》して、地に寝かす）
儀　十　野郎ッ。こいッ。
茂兵衛　なにをいやがる。（儀十を突き立て突き立て、小手をとってブン廻し、手もとに引き付け家の中へ向って）あらまし形はついたようでござんす。（儀十の急所を圧す）
儀　十　（気絶する）
お君を負うた辰三郎、少し、荷を持ったお蔦ができるだけの旅装で出てくる。
茂兵衛　飛ぶには今が潮時でござんす。お立ちなさるがようござんす。

辰三郎　お蔦から話を聞きました。わずかなことをいたしましたのに。
茂兵衛　いらねえ辞儀だ。早いが一だ。
お　蔦　（人の倒れ伏すを見て）あッ。
茂兵衛　なあに死切《しにき》りじゃござんせん。やがて、この世へ息が戻るやつばかり。
辰三郎　それでは茂兵衛さん。ご丈夫で。
お　蔦　お名残りが惜しいけれど。
茂兵衛　お行きなさんせ早いところで。仲よく丈夫でおくらしなさんせ。（辰三郎夫婦が見返りながら去って行くのを見送り）ああお蔦さん、棒《ぼう》ッ切《き》れを振り廻してする茂兵衛の、これが、十年前に、櫛、簪、巾着ぐるみ、意見を貰った姐さんに、せめて、見てもらう駒形《こまがた》の、しがねえ姿の横綱の土俵入りでござんす。（入口から家の中へはいる）
茂兵衛が桜の下に佇《たたず》む。
茂兵衛　（気絶している者どもを見張っている）

江國香織が聴く
室生犀星「鐵集」

訛《なま》りのある声で訥々《とつとつ》と、詩人は『鐵集《くろがね》』から幾つかの詩を選んで読んでいる。緊張しているのか、ときどきつっかえながら、あまり嬉《うれ》しくなさそうに。そのソノシートがつけられた雑誌によれば、犀星はこの録音のために三日前から朗読の練習をしたそうだ。「私はこれらの詩の朗読中は、神妙に無心でやった。公《おお》けの自作朗読ははじめてであって、これは私の死後にくり返されて、聴く人もあるのであらう。一詩人の生涯といふものは全部の作品を挙げて、死後のささやきとなり文学的遺言のやうなものに、なるのではないか」とも書かれていて、ある種の覚悟を持って臨んだ録音だったことが窺《うかが》える。きっと、とても真面目な人だったのだろう。

山の景色を描写した、荘厳だけれどやや退屈な二編の詩のあとで、「これは、さっきからの詩と変《かわ》った、詩でありますが」と、ごく小さい声で、ふいに言葉をはさんでから朗読される、「映寫機《えいしゃ》」という一編がおもしろい。この詩のなかで、「僕」は「ブランコに逆さまに下がる」。すると「人生觀《かん》も遠近法も一變《いっぺん》」し、「僕は出鱈目《でたらめ》になり」、「映寫機を叩きこはす」。他の詩とは趣の違う、動的な詩だ。「めまひを感じながら／支離滅裂な景色を繼《つ》ぎ合はしてゐる」という最後の二行の、ほどけた素直さも気持ちがいい。堅物感溢《あふ》れるこの詩人のなかに、こんな気分もひそんでいたのだと思うと新鮮な気がする。

その二つあとに朗読される「地球の裏側」にもブランコがでてくるから、たぶんこの人はブランコが好きだったのだろう。そこでは「木の葉にすれすれになるところまで」ブランコに運ばれた「僕」が、「女にふれるやうに」「木の葉に頰を擦り寄せる」。みずみずしい。『鐵集』の序文には、「僕は後にまた最早《もはや》詩集をまとめる氣持《きもち》をもたない。何故かこの集で僕の詩の絶えることを希《のぞ》んでゐる」と記されているが、そんな老人ぽいことを言うにはみずみずしすぎる。

室生犀星（一八八九－一九六二）『抒情小曲集』『鐵集』『杏つ子』

室生犀星「鐵集」

剣をもつてゐる人

剣をいただいて立つてゐる山嶽
山嶽ら剣を護つて列ってゐる
剣は永却に錆びず
剣はものすごい荒鉄を鍛へて
物言はずに截り立つてゐる
剣はボロボロの山襞のあひまに
徴かな挨さへ加へ
暗黒色にガツチリと何者かと刃を合はしてゐる
その音は鳴りひびいて聞える

ノッソリと立つ者

山と山の廊下
黒部の黒ビンガの峡谿
ノツソリと立つ谷間の英雄
英雄だか何だか分らないが
到るところにノツソリと立つてゐる
或ひは臥てゐる底知れない奴
歳月千年の巌の廊下
頭が遠くなるくらゐ人間の思考力を毟ぎとる景色
そいつらが一纒めになつて咆哮してゐる

『鐵集』（冬至書房）

映写機

僕はブランコに飛び込む
ブランコに逆さまに下がるのだが
そこで人生観も遠近法も一変する
僕は出鱈目になり
僕は映写機を叩きこはす
機械は粉微塵にこはれてしまふ
僕の想像力は稀薄になり
めまひを感じながら
支離滅裂な景色を継ぎ合はしてゐる

煤だらけの山

岩も木も黒焦げになり
風雨にさらされて光つてゐる
碓氷の山頂にゐる人間までが
風と雪に割られた相貌をしてゐる
景色は悲鳴をあげて立つてゐる
それら自体が既に悲劇の相を帯びてゐるが
それ以上に悲劇はアルプスを跨がり
黒焦げになつてゐる
山に煤がないといふのは嘘だ

地球の裏側

ブランコは快活で
木の葉にすれすれになるところまで
僕を運んで呉れる
僕は女にふれるやうに
木の葉に頬を擦り寄せる
僕は地球を幾廻りかする
僕は地球の裏側まで見てしまふ

奥泉光が聴く
武者小路実篤「友情」

主人公野島は知り合いの妹杉子を好きになる。このことを親友の大宮に相談すると、大宮は野島の恋を応援してくれる。大宮は杉子に野島の素晴らしさを説く。ところがそうこうしているうちに杉子は大宮が好きになってしまう。困った大宮は杉子に冷淡な態度をとる一方、野島の美点をますます賞揚《しょうよう》するのだけれど、そうすればそうするほど杉子は大宮が好きになってしまい、しかも大宮は杉子のことが本当は好きなので、ついに友情を捨て恋をとって野島は絶望する——というのが『友情』のあらすじで、失恋は、人類への貢献とならび、武者小路実篤得意の主題なのであるが、恋を得た者は、それがゆえにばりばり仕事をして人類に貢献をし、敗れた者は敗れた者で、失恋をバネに頑張りを発揮し、ばりばり仕事をして人類に貢献することが期待されるのが、武者小路実篤的失恋物語といってよい。

『友情』で際立つのは、フランスに滞在する大宮と杉子とのあいだで交わされた手紙を、大宮がそのまま雑誌に小説として発表する構成で、つまり野島は雑誌に掲載された小説を読んではじめて大宮と杉子の恋の成就を報《し》らされるのである！

手紙そのままが小説というのもすごいが、「野島をどうか愛してやって下さい」との大宮の言葉に、「どうしても野島さまのわきには、一時間以上は居たくないのです」「（野島の好意は）ありがた迷惑」とまでいう杉子の言葉までが書かれているのだから激しい。

作者が朗読するのはラストの二章、野島に向けての、失恋をバネに頑張って人類に貢献して欲しいという大宮の願いと、野島の絶望が描かれる場面。武者小路は泣いている。泣きながら読んでいる。大宮、野島、二人とも頑張れ、きっと人類に貢献してくれよと、励ますかのように泣いている。これを聞くとき、武者小路実篤がアイロニーでもなんでもなく、この小説を真率な思いから書いたことが、驚愕《きょうがく》のうちに理解される。

武者小路実篤（一八八五－一九七六）『お目出たき人』『友情』『愛と死』

武者小路実篤「友情」

わが友よ。

　自分は二人の手紙をここに公にする。そして君の面前にそれをさしつける。事実をそのままさしつける。自分は君の神経をいたわってこの二人の手紙をかきなおして、君に見てもらおうかと思った。しかしそれはかえって君を侮辱《ぶじょく》することになることを知った。自分は君を尊敬している。君は打ちくだかれれば打ちくだかれるほど、偉大なる人間として、起き上がってくれることを僕は信じている。そして露骨に事実を示せば、君はかえって怒ることによって悲しみに打ち克《か》ってくれると思う。僕はまた君につまらぬ同情をしようとは思わない。また自分の君にたいする冷酷な態度を甘く見せようとも思わない。自分はただ事実を言う。

　それについて自分は何も言いわけしない。いや言いわけしたいことはすでにかいた。ここではなんにも言わない。ただ自分はすまぬ気と、あるものに対する一種の恐怖を感じるだけだ。自分はあるものにあやまりたい。そして許しをこいたい。一方自分は自分を正当だと思い、やむを得ないと思う。そして自分でとった態度を必然のような気もする、だが何かにあやまりたい。自分は君に許しを請おうとは思わない。それはあまりに虫がいい。君はとるようにとってくれればいい。君は君らしくこの事実をとってくれるだろう。自分の方はもちろん君を尊敬し君にたいして友情を失いはしない。しかしそれはかえって君を侮辱することになることを恐れる。

　事実は以上のようである。かくて僕は杉子さんと結婚することになるだろう。この事実にたいして君が自分たちをいかように裁いてくれても自分たちはもちろん甘受する。自分は言いたいことがずいぶんあるようだ。しかし僕から慰められたり、鼓舞されたり、尊敬されたりするのは不快に思うであろう。もっとも僕た

『友情』（三笠書房）

ちはもう充分に不快を与えすぎたであろう。今になって遠慮するのもおかしなものだ。だから正直に言おう。自分はあしたからマルセーユにつく杉子の一行を迎えにゆくわけだ。二人は遠くから、許してくれるならば君の幸福を祈る。そして君が、日本、いな世界の誇りになるような人間になってくれることを信じまた祈る。

一二

野島はこの小説を読んで、泣いた、感謝した、怒った、わめいた、そしてやっとよみあげた。立ち上がって室《へや》のなかを歩きまわった。そして自分の机の上の鴨《かも》居《い》にかけてある大宮から送ってくれたベートオフェンのマスクに気がつくと彼はいきなりそれをつかんで力まかせに引っぱって、釣ってある糸を切ってしまった。そしてそれを庭石の上にたたきつけた、石膏のマスクは粉みじんにとびちった。彼はいきなり机に向かって、大宮に手紙をかいた。

「君よ。君の小説は君の予期どおり僕に最後の打撃を与えた。ことに杉子さんの最後の手紙は立派に自分の額に傷を与えてくれた。これは僕にとってよかった。僕はもう処女ではない。獅子《しし》だ。傷ついた、孤独な獅子だ。そして吠《ほ》える。君よ、仕事の上で決闘しよう。君の惨酷な荒療治は僕の決心をかためてくれた。今後も僕は時々さびしいかもしれない。しかし死んでも君たちには同情してもらいたくない。僕は一人で耐える。そしてそのさびしさから何かを生む。見よ、僕も男だ。参りきりにはならない。君からもらったベートオフェンのマスクは石にたたきつけた。いつか山の上で君たちと握手する時があるかもしれない。しかしそれまでは君よ、二人は別々の道を歩こう。君よ、僕のことは心配しないでくれ、傷ついても僕は僕だ。いつかはさらに力強く起き上がるだろう。これが神から与えられた杯ならばともかく自分はそれをのみほさなければならない」

野島はそれをかきあげると彼は初めて泣いた。泣いた、そして左の文句を泣きながら日記にかいた。

「自分はさびしさをやっとたえて来た。今後なお耐えなければならないのか、全く一人で。神よ助けたまえ」

いとうせいこうが聴く
五木寛之「さらば　モスクワ愚連隊」「青春の門」＋新録音

音楽を重要視する点で、五木氏は自分の重要な先達だと思っているし、確かそういった話を直接したこともあると思う。

元の録音はそれに関する質問から始まり、あれこれ続いてからようやく朗読に入る。

五木氏のしゃべり自体はいつものあのひょうひょうとした福岡訛《なま》りの、どこか含羞《がんしゅう》とひょっとしたら韜晦《とうかい》も感じさせる油断のならないものだ。言葉がどのレベルで真意を持つか、そこに注意して耳をそばだたせる。ラジオなどでの語りにもその複雑さがある。

ところが面白いことに、『さらば　モスクワ愚連隊』の一部を朗読し始めると、次第にそのひっかかりがなくなってくる。言葉はついに書かれた通りに読まれる。文字がそのまま作者によって、いや作者というよりは一読者によってのように読まれていくのである。

五木さんは普段こうして読書に熱中しているのかもしれない、と気づいた。たぶん子供の頃から、その距離感で五木さんは小説を吸収してきたのに違いない。

私は途中から、あまりの自意識の消滅ぶりに感動さえ覚えた。他人の透明な読書の様子を知ったように思ったからだし、自分の文章をこうも突き放すことの出来る文字への平等な習性が響いてきたから。

書かれたものが他者に所属していく過程を、そこで私たちは聞くことが出来るが、それは音楽の演奏に似ている。

……といった原稿を用意していたら、五木氏本人から「読み直したいから聴いて欲しい」と申し出があった。前記作品のほぼ冒頭、そして『青春の門』の一部の新朗読。

今度は作者としての意識を伴う朗読であった。自作の文を読むことで全体として表現を完成させる、呼吸を抑えた読み。しかしそこでもなお、書かれた文章以上に自意識は飛び出ない。読み手は文と共に歩む。五木寛之はやはり自分の書いた文字に対して、まるで他者のように誠実である。そしてプレイする。

五木寛之（一九三二―）『さらば　モスクワ愚連隊』『青春の門』『親鸞』

五木寛之「さらば　モスクワ愚連隊」

『さらば　モスクワ愚連隊』（講談社）

…白瀬とビルをうながして店内にはいって行った。音楽の波がどっと押しよせてきた。トランペットの音はミーシャだった。白瀬とビルは、ひどく驚いた様子で顔を見合わせていた。私は若い客たちをかきわけて前のほうへ進んでいった。

ミーシャは気取ったポーズで腰を振りながら〈セントルイス・ブルース〉を、吐気がするほど甘ったるく吹いていた。そして私を見ると、妙なウインクをしてみせた。女の子たちが黄色い嬌声《きょうせい》を張りあげる。

「やめろ！　ミーシャ」

と私は英語で怒鳴った。少年の目が、びっくりしたように大きくなった。彼は吹くのを止めた。部屋中がしんと静かになった。

「そんな吹きかたはよせ、ミーシャ」

と私は少し小声になって英語で言った。「きみは良いプレイヤーになれるとおれは言ったが、あれは間違いだった。いまきみがやってるのはジャズじゃない。すくなくともブルースじゃないぜ」

「あんたはぼくにペットの吹きかたを教えようというのかい、え？」

ミーシャはトランペットのバルブを指でかたかた鳴らしながら、せせら笑った。

「ジャズは――」

と、そこまで言って私は言葉につまった。ジャズは人間の生きかただ、そいつはごまかせない、と私は言いたかったのだ。勉強が苦手なら学校なんか行かなくったっていい、働くのが嫌いなら食わなきゃいい。だけど、そんな演奏《プレイ》だけはやめろ。おふくろが憎けりゃ憎むことだ。兄貴がうらやましければ自分に腹を立てろ。それを、そのトランペットでやるんだ、それが本当のブルースってもんだろう。そうじゃないのか、ミーシャ！

だが私はそれを言えなかった。それは私の勝手に考えていることだ。それに自分は他人にそんな綺麗なことを言う資格のある人間なんかじゃない。だがどうにかしたかった。じっとしていられない気持ちだった。

「ビル！　ちょっと手伝ってくれ」

と私は言った。そして目顔で、ベースと代れ、と合図をした。ビルはうなずいてベースのほうへ行った。私は隣りで口をあけて突っ立っている男からクラリネットをむしり取り、白瀬を呼んで、それを渡した。

「ぼくが——」

と、彼はどもりながら後ずさりをした。

「やるんですか、ここで。だめですよ」

「あんた私とやりたいと言ったでしょう」

私は強引に彼を中央に引っぱり出した。二等書記官は倒れそうになりながら、クラリネットを握りしめた。ビルが、片手で軽々とベースをつかんで持ってきた。店中の客も、ミーシャも、バンドの連中も、あっけに取られて私たちを眺めていた。

私はピアニストの肩を叩いて、彼を椅子から立たせた。ピアノを前にして坐ると、不意に落ちついた気持ちになった。

本郷和人が聴く

遠藤周作「沈黙」

へたくそな朗読だな。一気呵成《いっきかせい》の音読で何を言っているのか分からない。ゆっくりと、一語一語をはっきり発音するだけで全然違うのに。それが正直な感想だった。けれども、考え直した。遠藤周作ともあろう人がそんな初歩的なことを知らぬはずがない。泰然自若とはいかない何かが、あったのではないか。

それは照れだったのか。狐狸庵《こりあん》シリーズの愛読者たる私は、作者が含羞《がんしゅう》の人であることを知っている。自身の代表作の核心部分を読むことは、さぞ恥ずかしかっただろう。こんな仕事、とっとと終わらせたい。その気持ちが速読につながった……いや、この見方も表面的にすぎる。もっと根深い煩悶《はんもん》が、作者を追い立てていたのだとしたら。

それはやはり、イエスとは何者か、という解釈の如何《いかん》ではないか。幕府のキリシタン弾圧は苛烈《かれつ》をきわめ、何十万人もが凄惨《せいさん》な最期を迎える。イエズス会司祭ロドリゴの「主よ、なぜ沈黙されるのか」という血を吐くような問いに遠藤はイエスをして語らしめる。私はお前たちとともに痛み、苦しんでいた。私は沈黙していたのではない、と。

ここには「弱者に寄りそうイエス」がいる。それは「やさしいイエス」であり「母なるイエス」である。だがこの解釈は、キリスト教会の一部から根本的な批判を受けた。神は冒瀆《ぼうとく》を、まして棄教や踏絵《ふみえ》など絶対に許さぬ峻烈《しゅんれつ》な存在であるというのだ。また自らの理解に問題があることは、遠藤自身がよく自覚していたはずだ。というのは、たとえば評論家・亀井勝一郎に言及して、彼はキリスト教の厳しさ・父性的な厳格さよりも、親鸞《しんらん》の説くやさしさ・母性的な教えに惹《ひ》かれていった、などと書いていた（『ぐうたら交友録』）のだから。

厳父イエスか、慈母イエスか。この永遠の問いかけが遠藤の中で議論を続けており、その揺れが彼の朗読を不安定なものにしている。そんな読み込みはうがちすぎだろうか。


遠藤周作（一九二三－一九九六）『海と毒薬』『沈黙』『深い河』

遠藤周作「沈黙」

『沈黙』（新潮文庫）

夜がきました。監視の男たちのたく焚火《たきび》の赤い火は、我々の山小屋からもかすかにみえました。がその海岸にはトモギの部落民たちが群がり、ただ、暗い海を凝視していたのです。空も海も真黒でモキチとイチゾウがどこにいるのかもわかりませぬ。生きつづけているのか、死んだのかもわかりませぬ。みんな泣きながら心の中でオラショを唱えていました。その時、波の音にまじって彼等はモキチのものらしい声を聞いたのです。この青年は自分の人生がまだ消えていないことを部落民に知らせるためか、自分の気力を励ますためか、息たえだえに切支丹たちの唄《うた》を歌ったのです。

　参ろうや、参ろうや
　パライソ（天国）の寺に参ろうや
　パライソの寺とは申すれど……
　遠い寺とは申すれど

みんな黙ってモキチのその声をきいていました。監視の男も聞いていました。雨と波の音で、途切れ途切れてはまた聞えました。

二十三日。一日この霧雨は降り続きました。トモギの部落民はまた一団となって遠くからモキチとイチゾウの杭《くい》を見つめつづけておりました。窪《くぼ》んだ砂漠のように雨に垂れこめられた浜は荒寥《こうりよう》とひろがり、今日は近隣から見物にきた異教徒《ゼンチヨ》もいません。引き潮になったあと、二人の括《くく》られた杭だけがはるかにぽつんと突ったっていました。もう杭と人間との区別もつかない。まるでモキチもイチゾウも杭にへばりついて杭そのものになってしまったようでした。ただ、彼等が生きているということは、モキチらしい暗い呻《うめ》き声が聞えてくるからわかりました。

（中略）

踏絵は今、彼の足もとにあった。小波《さざなみ》のように木目が走っているうすよごれた灰色の木の板に粗末な銅のメダイユがはめこんであった。それは細い腕をひろげ、茨《いばら》の冠をかぶった基督のみにくい顔だった。黄色く混濁した眼で、司祭はこの国に来てから始めて接するあの人の顔をだまって見おろした。

「さあ」とフェレイラが言った。「勇気をだして」

主よ。長い長い間、私は数えきれぬほど、あなたの顔を考えました。特にこの日本に来てから幾十回、私はそうしたことでしょう。トモギの山にかくれている時、海を小舟で渡った時、山中を放浪した時、あの牢《ろう》舎《しゃ》での夜。あなたの祈られている顔を祈るたびに考え、あなたが祝福している顔を孤独な時思いだし、あなたが十字架を背負われた顔を捕われた日に甦らせ、そしてそのお顔は我が魂にふかく刻みこまれ、この世で最も美しいもの、最も高貴なものとなって私の心に生きていました。それを、今、私はこの足で踏もうとする。

黎明《しののめ》のほのかな光。光はむき出しになった司祭の鶏のような首と鎖骨の浮いた肩にさした。司祭は両手で踏絵をもちあげ、顔に近づけた。人々の多くの足に踏まれたその顔に自分の顔を押しあてたかった。踏絵のなかのあの人は多くの人間に踏まれたために摩滅し、凹《へこ》んだまま司祭を悲しげな眼差しで見つめている。その眼からはまさにひとしずく涙がこぼれそうだった。

「ああ」と司祭は震えた。「痛い」

「ほんの形だけのことだ。形などどうでもいいことではないか」通辞は興奮し、せいていた。「形だけ踏めばよいことだ」

司祭は足をあげた。足に鈍い重い痛みを感じた。それは形だけのことではなかった。自分は今、自分の生涯の中で最も美しいと思ってきたもの、最も聖《きよ》らかと信じたもの、最も人間の理想と夢にみたされたものを踏む。この足の痛み。その時、踏むがいいと銅版のあの人は司祭にむかって言った。踏むがいい。お前の足の痛さをこの私が一番よく知っている。踏むがいい。私はお前たちに踏まれるため、この世に生れ、お前たちの痛さを分つため十字架を背負ったのだ。

こうして司祭が踏絵に足をかけた時、朝が来た。鶏が遠くで鳴いた。

島田雅彦が聴く

野上弥生子「秀吉と利休」

歴史小説はいわずもがな、映画、テレビドラマ、マンガ、ゲーム等で、秀吉や利休のイメージは再現され続けている。戦国時代に残された資料は極めて少ない中、イエズス会の宣教師たちが残した日本報告にその人物像についての記述があり、おそらく全ての「戦国物」の基本資料になっている。創作家は歴史上の人物の年齢や身体的特徴、知能、出自、性格を勘案し、また人物同士の人間関係や交わしたであろう会話を、まるでその場に臨席していたかのように、再現してみせる。歴史の記述からは抜け落ちる当事者たちの折々の喜怒哀楽にも寄り添い、感情移入する。結果、大河ドラマやゲームなどはキャラ立てとコスプレの大会になるが、小説は心理の綾《あや》を読み解く繊細な分析になる。

『秀吉と利休』は利休の入浴シーンから始まるが、それは利休の身体的特徴と年の割に機敏な動作を印象づける、極めて映画的な導入になっている。その後、詳細な茶の湯の点前を描き、さらに秀吉との心理的な駆け引きの話題へと読者を導いてゆく。その描写の精度はかなり高く、その後の凡百の歴史読み物を恥じ入らせるほどだ。丹念な描写は説明には陥らず、ビジュアル喚起力に富んでいる。作者自身もよほどの通人、教養人でなければ、ここまで秀吉や利休を再現できない。

代表作と見做《みな》される本作を七十八歳で書き上げ、九十九歳十ケ月の天寿を全うした野上女史には一般的な老いの定義は適用できない。文章と同様に、朗読も理知的なのだが、あの牛乳瓶底眼鏡の老婆の印象とは裏腹の色気さえ感じる。歴史を知ろうとしない者のことを子どもというが、子どものままの老人も少なくない。歴史を後世に伝える責任を果たして初めて人は尊敬される老人たりうるのかもしれない。明治、大正、昭和を貫き、カビ臭い私小説よりも遥《はる》かに射程の長い本格小説を書いてきた野上弥生子は谷崎のおとぼけとは対照的な成熟の型を体現している。

野上弥生子（一八八五－一九八五）『海神丸』『迷路』『秀吉と利休』

野上弥生子「秀吉と利休」

『秀吉と利休』（中公文庫）

堺《さかい》の家では、朝寝も利休には愉《たの》しみのひとつであった。とりわけその日は、まえの夜おそく帰りついたくたびれもあり、晩春の熱量のました太陽が軒のすかし窓を通し、部屋の障子のひと枠《わく》、ひと枠を黄じろく染めるまで、おもいきり寝ぼうをした。

それもきまりで、起きると朝湯の用意ができている。土地らしい潮湯のむし風呂《ぶろ》である。粗らいすきまのある床の下から吹きあがる潮の香の強い湯気は、まあたらしい筵《むしろ》を通して、浴槽《よくそう》いっぱいにもうもうとたち籠《こ》めている。狭い戸は、大男で七十に近づきながら骨格、肉づきに衰えのない利休には窮屈すぎても、なにか躙《にじ》り口《ぐち》をはいるような身のこなしで上手にもぐりこむ。はおった麻の浴衣《よくい》は洗布でもあった。冬でもないかぎり長くははいっていないが、からだはたんねんにこすり廻《まわ》す。熱した塩分の浸透は、肢体《したい》から関節のふしぶしまで鞣《な》めし、なおまた湯気でねっとりした皮膚に、板敷の大だらいの水をざぶざぶ浴びる爽快《そうかい》さはいいようがなかった。

ぬぎ捨てた浴衣とついのもう一枚が、隅《すみ》の籠《かご》にはいっている。利休は濡《ぬ》れたはだか身にひっかけ、今度はそれで全身を拭《ふ》きとってから、極楽、極楽、といいつつ向う側の仕切り戸をあける。鏡台や衣桁《いこう》のおかれた小部屋で、着がえを膝《ひざ》において待つのは後妻のりきであった。

「昨夜《ゆうべ》とは、うってかわったお色つやになりました」

「たつがたつまで、片時も暇なしでね」

「そんなにお忙しくては、おからだにいかがでしょう」

「御用だからな」

聚楽第《じゅらくだい》内に住むようになってからは、朝湯はおろか、利休は床にもゆっくりはしていられなかった。秀吉《ひでよし》は時刻かまわず現われた。場合では前触れもない。虚をついてやろうとする意地わるもひそむが、大事な話をおもいつくと、待てしばしのない性急さで、密談には都合よい茶室をえらぼうとする。利休が三千石の茶頭《さどう》にとどまらず、政治むきのことまで関白の相談相手であるのは、遠国の大名たちにまで知れわたっていた。

とにかく、いつなん時とびこまれてもよい準備を怠るまいとしたので、利休屋敷はあたりの家々にくらべてはことさら朝が早く、利休自らにもおきぬけの仕事が多かった。

禅においては師、茶道では弟子格、また堺いらいの無二の友である大徳寺の古渓和尚《こけいおしょう》が筆をふるった、『不審花開今日春』の墨蹟《ぼくせき》から不審庵《ふしんあん》と呼ばれ、それが屋敷の名にまでなっている四畳半と、いまひとつ三畳台目の茶室は、清掃からしつらえに人手をかけさせなかった。わけてもゆるがせにしない火入れは、炉、風炉《ふろ》を問わず、その日その日の照り、曇り、季節によってかわる湿めり、乾き、風のあるなしで、交える粒《つぶ》灰《ばい》の分量から木炭《すみ》かざりまで日毎《ひごと》にかえた。七十に近づいて皺《しわ》ばみ、油っ気もない手が寒いあいだは婢女《ひじょ》のように荒れている。またその手は、大男といえるからだに似て大きく骨太でありながら、ひとたび点茶の座につくと、別なものになっていいようもなく華奢《きゃしゃ》に動く。茶室の掃除も点前《てまえ》も別事ではなかった。とはいえ、毎朝の雑仕《ぞうし》もひとしく茶道の精進として純粋につつましく行ったろうか。そうであり、そうでもなかった。彼の意識の底にはつねに秀吉があった。いつ姿を見せようと、待っていたような迎え方がしたく、相談事なら、ちょうど予期していたような受け答えがしたく、茶室に通るなり、ここで朝飯を喰《く》おうか、といいだされても、一向にまごつくまいとしたのである。気分次第で、秀吉はだしぬけにそんなことをいう。またこうした場合は、わざと藤吉郎《とうきちろう》時代の尾張訛《おわりなま》りをむきだしにして親愛の表現にするが、その調子に乗ってはならず、こちらは常にもまして慇懃《いんぎん》に振舞わなければならない。

利休が堺に戻《もど》るのは、これらの生活からの逃避でもあった。ことに今度は半月まえの後陽成《ごようぜい》天皇行幸につづいて、盛儀に列するために上京した諸大名のため、聚楽第ではたえず茶事が催され、明けくれ気の休まることがなかったから、家居でしばらく寛《くつ》ろぎたかったのである。

山下澄人が聴く
長谷川伸「関の弥太ッペ」

無実の学者。ぼくが演出をして長谷川伸を何かの役に使うなら、堅物というわけではないが道に外れたことには一切手を出さず実直に古文書なんかを研究してきた七十近い学者が電車の中でヘソとか出した若い女に痴漢と間違えられ捕まる、とかそういう役にする。

長谷川伸の単語の発語にはよどみがない。明瞭というのとは違う。明瞭というのは舌のというか口の動きの問題でアナウンサーでも出来る。長谷川伸の淀《よど》みのなさは口先だけでは真似《まね》ができない。それはその人間の性質の問題だ。

もちろん長谷川伸をぼくは知らない。一九六三年に死んでいる。弟子の池波正太郎のエッセイに「好きな仕事をして成功しないものならば男一代の仕事ではないということだったら、世の中にどんな仕事があるだろうか」と長谷川伸がいったとウィキペディアには書いてある。嘘《うそ》かもしれない。しかし肉声は何かしらほんとうを伝える。知らないからこそ伝わる。そうして伝わった何かしらは一度伝われば外れない。無罪でなくとも学者でなくともそうたとえて書いて伝えたいと感じたその核は外れない。

博徒、だとか、刀の先が、だとか、普段日常で口にすることもなければ耳にすることもない単語のいちいちが耳に心地よい。そういう風に発語するのかと思う。ほんものの博徒、というものを、刀の先、を見たような気にさえなる。しかしそれはそのようなものを実際に見聞きしてきた極道の本職の口にするものとはまた違う。本職よりある意味とてもよく知っているものの音がする。

関の弥太《やた》ッペは映画で観た。テレビの深夜放送で見たのじゃないか。調べると監督はやくざ映画の巨匠山下耕作。主演は中村錦之助。長谷川伸は股旅ものの元祖なのだそう。ということはやくざ映画の元祖でもある。やくざ映画はそれの流行《はや》った時代の人間ではぼくはないが古い映画館で上映されるのを探してよく見た。漫画にもされているらしいがそれは読んだことがない。


長谷川伸（一八八四－一九六三）『関の弥太ッペ』『一本刀土俵入』『瞼の母』

長谷川伸「関の弥太ッぺ」

『長谷川伸戯曲集　上巻』（新小説社）

和　吉　待ってくれ、待ってくれ。

弥太郎　何んだと。

和　吉　済まねえ、済まねえが俺の、俺の頼みを聞いてくれ。

弥太郎　邯鄲《まくら》探しの曲者《くせもの》に、頼まれたのじゃあウンと云えねえ。

和　吉　お、俺のことじゃねえ、あの、あのお小夜、子供のことだ。（片手拝みをする）

弥太郎　おお、あの小さい娘ッ子があったのだっけな、こいつあいけなかった。イキリ立っていたものだから、つい叩ッ斬ったが、しまったことをしてしまった。（上締を解き）血止めに固く縛ってやろう。

和　吉　俺あいい、放抛《うっちゃ》って置いてくれ、俺あ、死ぬのが一番いいんだ。

弥太郎　馬鹿あいえ、あんな可愛い子があるのに、死ぬのがいいとは不料簡だ。飛んだ罪つくりをしてしまったなあ。

和　吉　悪いのは俺の方だ、盗みをした天の罰だ、どうで終りはこんなことと思っていた。

弥太郎　天罰。まあそんなものだろうが。俺あ、あの子に怨《うら》まれるのが厭だからなあ。

和　吉　もし、お前さん、お願いだ。あの子を沢井屋へ連れて行って下さい。

弥太郎　よし連れて行こう。今の手紙を持って行けば判るのか。

和　吉　（首肯く）

弥太郎　（手紙を探す、争闘中に破れ、和吉の血で濡れている）こいつあ駄目だ。

和　吉　手、手紙には及ばねえ、あの子が迷い子になっていた、こうでも云って、連れて行ってくれ。本当は素性を明し、みよりの者だといって貰いてえが、親の俺の名を出しては、後の腐れが情けねえ。

江國香織が聴く

吉行淳之介「娼婦の部屋」

吉行淳之介は、彼以前にも彼以後にも類を見ない、繊細で独特で、果てしなく寂寞《せきばく》とした、風味のいい作家だ。彼の小説にでてくる男たちはみんなつかみどころがなく、女たちはなおのことつかみどころがない。彼の小説世界だ。登場人物同士の理解の放棄は前提であり、そこから初めて見えてくる景色が、吉行淳之介の小説世界だ。うかつに足を踏み入れれば、読者はすばらしい目に遭う。

二十代の雑誌記者である「私」と娼婦《しょうふ》の「秋子」との、愛情とも友情とも肉欲のみとも言いきれない交流（そもそも吉行作品において、関係や感情に名前をつけるような愚行は御法度だし、御法度以前に不可能なことだ）を描いた「娼婦の部屋」は、ラストがとりわけ見事な一編で、主役二人の仕方のなさと、娼婦秋子の、無邪気と区別のつかない寄る辺のなさが、「オバさん」という言葉や「臙脂《えんじ》色の眼鏡」、「算盤《そろばん》」といった小道具によって際立ち、さらに「私」との哀しくもあっけらかんとした会話が、雨上がりみたいに鮮烈な印象を小説に与えているのだが、生気に満ちたその見事な終盤部分を、ぼそぼそと、疲れたような、終始おなじモノトーンの声で、おもしろくもなさそうに作者は読む。

読めと言われたから読んでいる、という風情のそれは朗読で、誰かに聞かせようという意志はまったく感じられない。できるだけ何も伝えまいとしているのだと私は思う。そして、それは正しい、と言いたい。

作家は一作ずつの小説によって、読者をできるだけ遠くにいざなう。その一作が書かれるまでは、誰も行ったことがない、遠くに。だからいたずらに肉声による橋渡しなどしてその距離を縮めるわけにはいかない。

何の手がかりもない茫漠《ぼうばく》とした場所でこそ彼の小説は読まれるべきなのだ。そういう場所でのみ登場人物たちは人一人分の妖気や謎を立ちのぼらせるのだし、まさにそれが、彼の書いているものなのだから。

吉行淳之介（一九二四－一九九四）『砂の上の植物群』『暗室』『夕暮まで』

吉行淳之介「娼婦の部屋」

『娼婦の部屋・不意の出来事』（新潮文庫）

秋子が、電話でバアの場所を知らせてきた。意外にも、その店は都心の繁華街の裏通りに在った。

私は、その店に出かけてみた。狭い袋小路の奥に、その店は在った。一人だけ離れて所在なさそうにしていた秋子は、私を見ると、救われた表情を見せて近寄ってきた。

スタンドに腰かけて、私は酒を飲んだ。秋子が傍に腰かけていた。私は黙ってグラスを口に運んでいた。秋子も黙っていた。他の客たちや女たちは周囲に聞えても支障のない会話、酒席の戯言《ざれごと》を活潑に取交わしていた。しかし、私たちの間には、会話が無かった。考えてみれば、秋子の客にたいする会話は、いままでと全く別の形のものだったからだ。この店にきてからの秋子は、ただ、ぎごちない笑いを浮かべて客の傍に坐っているだけだったに違いなかった。

「具合はどう？」

と、私は訊ねてみた。

「なんとなく、働きにくいの」

私は黙っていた。

「いつも、どこへ行っても、ぐずぐず言うといって、黒田さんが怒るの。ファッション・モデルになる学校があるんですって。それに通ってみたら、と言われているんだけれど」

その言葉は、つめたい感触で私の心を撫でて過ぎた。その言葉を聞いた瞬間、私は秋子の姿を正確に眺める眼を取戻した。数年前の、あの町へ入ってくる前の秋子にたいしてなら、その言葉はそれほど不似合なものではなかったろう。しかし、現在の秋子にとっては、その言葉は残酷と言ってよいものなのだ。その残酷さに、秋子は気付いているのだろうか。おそらく、気付いていないのであろう。私は、暗い、痛ましい心持になってきた。と同時に、にがい興ざめた心持にもなっていった。

秋子の皮膚の裏側に層を成して沈澱しているあの町の汚れが、彼女の皮膚の外側ににじみ出し、この店の中で、彼女だけが異質の翳《かげ》に取り囲まれているように、その時私の眼に映った。

しかし、その言葉を秋子に向って言った黒田自身は、その残酷さに気付いているのだろうか。秋子を娼婦の町から抜け出させようと試みて失敗し、いままた失敗しかかっているその男は、秋子にたいしてどういう感情を持っているのだろうか。その言葉が、現在の秋子に似合わしいものとおもうほど、盲目的な愛し方をしているのだろうか。

私が二度目に、袋小路の店を訪れた時には、すでに秋子の姿は見えなかった。秋子のアパートの住所を、私は訊ねて置かなかったし、秋子から電話もかかってこなかった。秋子は、私の手がかりの付かないところへ、姿を消してしまった。

再び秋子のいなくなった娼婦の町を、私は相変らず歩きまわっていた。

秋子の部屋に通いはじめてから三年が経《た》っていた。店の前に立並んでいる女たちの間に新しい顔が増えて、古い顔見知りの女はしだいに消えていった。そして、町を歩きまわる私自身の姿勢にも、大きな変化が生じていた。

最初の頃、私は毛を毟られたにわとりのようになって、その町に歩み入った。娼婦の軀に軀を寄添わせて、傷口を舐《な》めている姿勢だった。その頃は、その町と私との間に、落差は無かった。私にとって、娼婦はかなしく懐しく、心を慰めてくれる存在だった。それにつづく期間、私は蕩児《とうじ》の姿勢を装って、町を歩きまわっていた。その姿勢を取るために、私は細胞の一つ一つを緊張させ、店の前に並んでいる女たちの一人一人に情熱的とさえいえる念入りな視線を注いで歩いた。

そして、いま、私のその町での姿勢は別のものになってしまった。袋小路のバアで、私が秋子に感じた痛ましさと興ざめた気分とは、そのまま私がその町を見る眼の裏側に貼り付いてきた。私が秋子に感じた痛ましさは、その痛ましさに私が軀を寄添わせてゆく種類のものではなかった。……

朝吹真理子が聴く
志賀直哉「山鳩」

十代のころ、海沿いの旅館で「山鳩」を読んだ。温泉からあがって、けだるくなったからだを横たえて、持ってきていた志賀直哉の短篇《たんぺん》のうちのひとつだった。短いのに、読んだあとつぎの話へとページが進められず、そのまま本を閉じたことを覚えている。

つがいで飛んでいた山鳩が、友人の狩猟によって一羽になった。ほかの山鳩にはなにかものを思うことはないのに、つがいのうちの一羽を「撃つたのは自分ではないが、食つたのは自分」だと、腹の内におさまってしまったことを思いながら、夫婦のいずれかを亡くして一羽になって気忙《きぜわ》しく飛んでいる山鳩を主人公がみている。つがいの山鳩だと気づかずに手渡された、撃たれて間もない山鳩の死骸のぬくみを、読んでいる私も思い出す。かなしいということとともちがう、もっとうっすらした、この世のどうしようもなさを感じる。一羽で飛んでいるのが気がかりだったらもう一羽も撃ちましょうか、と友人は言う。友人のことを「さういふ恐しい男」だと言って物語は終わってしまう。静かな諦念《ていねん》ばかりで、暗くはない。一羽の山鳩の飛び回るさまが忘れられなかった。

〈死ぬのが近くなると、なんでもかまわないから、ありのままの自分を、出しちまおうという気分だね〉

志賀直哉は、声量を確かめるためのマイクテストを一回したきりで、すぐに本番の録音をはじめた。録音のあいだにも、志賀がベランダにまいておいたパンくずをスズメがついばんでいる。

明るい声で、ちょっと早口に朗読する。えー、えー、としょっちゅう声が詰まる。志賀の読み方は、「と言った」と文末の読み方がはねるようで、作品を読んでいるときに感じていた静けさからは遠い賑々《にぎにぎ》しさがあった。志賀のことばは透明なのに、声は思った以上に肉肉しい。


志賀直哉（一八八三－一九七一）『城の崎にて』『小僧の神様』『暗夜行路』

志賀直哉「山鳩」

山鳩は姿も好きだが、あの間のぬけた太い啼声《なきごえ》も好きだ。世田谷新町《せたがやしんまち》の家《うち》でも聴いたし、時々行った大仁《おほひと》温泉でもよく聴いた。いつも二羽で飛んでいる。今いる熱海大洞台《あたみおほほらだい》の山荘では住いが高い所にあるので、丁度眼の高さの空間を二羽で飛び過ぎるのをよく見かけ、眼に馴染（なじ）みになっていた。

この春、猟期の最後の日、吉浜《よしはま》の鍛冶屋《かぢや》という所に住んでいる福田蘭童《ふくだらんどう》君が猟銃を肩に、今、撃って来たと、小綬鶏《こじゆけい》、山鳩、鵯《ひよ》などを下げ、訪ねて呉《く》れた。こういう鳥は戦後初めてなので、このお土産《みやげ》は喜んだ。

「もう少し、撃って来ましょう」というので、私は、

「それより、熱海へ鴨狩りに行こうよ」と云った。

福田君は鳥撃ち、魚釣り、鮑取《あわびと》り、何んでも名人だが、麻雀《マージヤン》も中々の名手で、私達はよく負かされる。鴨狩というのは熱海の広津和郎《ひろつかずを》君を訪ねようと云う意味だった。福田君は嬉《うれ》しそうな顔をして、直ぐ賛成したが、

「今度のバスは何時《なんじ》です？」という。時間を云うと、

「三十分あるから、仕たくをされる間、一寸《ちよっと》撃って来ます」こう云って、靴を地下足袋《じかたび》に更《か》へ、裏の山に登って行った。

福田君は二十分程で還《かえ》って来た。私は銃声を聴かなかったし、恐らく何もとれなかったろうと思っていると、山鳩と鵯と頬白の未《ま》だ体温の残っているのを手渡した。二十分間の獲物だった。

私は仕たくが出来ていたので、福田君が地下足袋を靴に穿《は》きかえるのを待って、一緒に山を下《くだ》り、バスで熱海へ出かけた。

翌日、私は山鳩が一羽だけで飛んでいるのを見た。山鳩の飛び方は妙に気忙《きぜわ》しい感じがする。一羽が先に飛び、四五間あとから、他の一羽が遅れじと一生懸命に随《つ》いて行く。毎日、それを見ていたのだが、今はそ

「山鳩」所収『志賀直哉全集　第八巻』（岩波書店）

れが一羽になり、一羽で日に何度となく、私の眼の前を往《い》ったり来たりした。私はその時、一緒に食った小綬鶏、鶫等に就いては何とも思わなかったし、福田君が他所《よそ》で撃ったた山鳩に対しても、そういふ気持は起らなかったが、幾月かの間、見て、馴染《なじみ》になった夫婦の山鳩が、一羽で飛んでいるのを見ると余りいい気持がしなかった。撃ったのは自分ではないが、食ったのは自分だという事も気が咎《とが》めた。

　幾月かして、私は山鳩が二羽で飛んでいるのを見た。山鳩も遂《つい》にいい対手《あいて》を見つけ、再婚したのだと思い、これはいい事だったと喜んだ。ところが、そうではなく、二羽のが他所、よそ）から来て、住みつき、前からの一羽は相変らず一羽で飛んでいた。この状態は今も続いている。

　最近、又猟期に入った。近所の知合いで、S氏という人は血統書きのついた高価なイングリッシュ・セッターを二頭も飼っていて、猟服姿でよく此辺《この》を徘徊している。然し、此人の場合は猟犬は警戒していなければ危いが、鳥は安心していてもいい腕前だそうだ。可恐《こわい》のは地下足袋の福田蘭童で、四五日前に来た時、

「今年は此辺はやめて貰おうかな」というと、

「そんなに気になるなら、残った方も片づけて上げましょうか？」

と笑いながら云う。彼は鳥にとっては、そういう恐しい男である。

いとうせいこうが聴く

小島信夫「肖像」

小島信夫というのはまことに奥行きの不思議な作家で、『小島信夫短篇集成』の中にも私自身解説を書かせていただき、特に「郷里の言葉」という作品について、言葉そのものを彼が多重に受け取る傾向を持っていた可能性を考えたことがある。彼の郷里・美濃では注意深くしていないと、誰かによる他人への皮肉が、それを聞く者に向けられていることがあるので油断ならないと言うのだ。

その『郷里の言葉』への参照もある「肖像」という短編を、小島は日本近代文学館のイベントで、〝朗読〟している。

小島文学を愛する人々を相手として、しかし作家はまったく陶酔しない。そもそも解題という目的があったにせよ、そのいかにも解説的な読み方には自意識への注意深い抑制がある。油断すると皮肉られる「郷里の言葉」が小島を冷静にするかのようだ。

ただし、読まれる「肖像」はそれ自体が〝作家が読者たちの前で質問を受ける〟構造になっている。その構造の入れ子として小島は実際に文学館で、読者を前にその作品を読む、解説する。小説内に出てくる「私」はこの「私」と受け取ってくれていい、そういうトリックの中で作品は書かれていると言いながら。

聞くうちに私たちリスナーは、冷静な小島の解説口調がどこまで「肖像」を読んでいるのか、それとも作品に付け加えられた解説かを見失う。虚構だと言われた作品の中の「私」の口調までもが、今現在声を聞いている小島信夫の解説的な冷静さを帯び、小説内の人物たちの距離感がユーモラスに狂ってくる。

おまけに、小島は自作を読みながらさかんに文字を付け足したり、言い換えたりしてしまう。つまり作品は新しく生成される。

後半、声は急に解説調をやめ、作品内に没入する。小説の構造をすべて説明し終えたあとである。小島信夫はこうしてメタレベルから解読したくなる朗読を自然に行う。

小島文学の仕掛けと時制の歪《ひず》みと冷静さは、すべてこの〝食えない〟朗読にあらわれている。

小島信夫（一九一五－二〇〇六）『抱擁家族』『別れる理由』『うるわしき日々』

小島信夫「肖像」

私の家は、中央線の国立駅の北口からさっさと歩けば、五、六分ぐらいのところにある。ところが、町名としては、国分寺市の光町という。私がここへ移ってきた頃は、榎戸新田《えのきどしんでん》といっていたが、そのうち新田がとれて、榎戸となった。これは危ないぞと思っているうちに、光町一丁目何番地となった。

いずれにしても、私は国分寺市の住人というわけで、関係上、国分寺市の恋ケ窪の公民館から、談話を頼まれている。今回は、私があたえられた二時間（夜の七時—九時）のあいだ、私にききたいことは何でもいってくれ、私はそれに対して答えさしてもらうから、という注文を出した。その理由として、あるいは、それにつけ加えて私はこういった。

「皆さんが何を考えているか、こちらはよく分らないし、皆さんの一人々々の考えていることも違うと思う。最初ぼくが何かお話して、質問を受けるというのも穏当かもしれないが、しかし、ぼくは、どういっていいかよくは分らないがそれも気が進まない。その代り、何をきいて下さってもいい。ぼくの書いたものについてでも、ぼくの個人生活のことでも、何でも宜しい。答えるのがイヤならイヤというから。どうか、皆さん、私の話から勝手に私の肖像画をかいてください」

こんなわけでその夜は、先ずある婦人の質問から始まった。

「私は先生の〈奴隷の寓話〉というのを、読んだことがあるのですが、じかに先生の口から、肉声としてあの話をしてもらえませんか」

「あなたの質問の趣旨は必ずしも分ったわけではないですが、すべて、キッカケですから、ぼくが勝手にしゃべって見ましょう」

「それでけっこうです」

「ラ・フォンテーヌという人の名を知っていますか。

「肖像」所収『小島信夫短篇集成7』（水声社）

この人は『寓話』という題名の本を出しています。十七世紀です。寓話詩を王太子にささげています。ルイ十四世とマリ・テレーズの長子であります。あるフリギア人のしたことを、自分もしたというわけです。このフリギア人の名は、皆さんも御存知のイソップです。

ラ・フォンテーヌは、イソップのことを紹介しています。私はイソップの伝説の細部は、この本で知りました」

「ラ・フォンテーヌという人の話も、動物をあつかっているのですね」

「そうです。ラ・フォンテーヌはこんなふうにいっています。彼はフリギアのアモリウムという町の出身だった。ローマの建国から二百年くらいあとに生まれた。かれは不恰好でみにくい顔をしていて、ことばを用いる能力を完全に奪われていたので、ドレイでなくともドレイみたいなものだったそうです。したがっていろいろ苦労があったことは当然で、そのこともくわしく語られています。それはともかく、ある夏の日のこと、旅人に親切を施したそうです。その親切というのは、町へ行く道を教えたということです。彼は先ず木蔭で休ませ、軽い食事をとらせ、それから道案内をして別れを告げた。旅人は天に両手をあげて、ドレイが報いられるようにと祈ったそうです。そのあと暑さと疲れに堪えられず眠りこんでしまうと、運命の女神があらわれて、夢を見る。目がさめてみるとその通りになっていた。その夢というのは、口が自由になり、寓話を語る能力を得るというのだったそうです。

ぼくは、こういう伝説があったことを知らなかったのでびっくりしてしまいました。考えてみるとこういう話はよくあるのですけど」

「すると先生、あれでしょうか、イソップはそのあとドレイの身分から解放されるのでしょうか」

「一ぺんにではないが、そうなります。彼は智恵を示すだけでなく予言めいたことを口にします。彼はすべてあの『イソップ物語』のようなことを、主人のために、やがて王のためにいうようになります。彼の奪い合いになります」

「奪い合い、ってイヤあなものね」

という声がきこえた。質問者の隣席の婦人だった。

本郷和人が聴く
吉川英治「新・平家物語」

平清盛はまぎれもない「おぼっちゃま」である。祖父も父も豊かな国の国司（知事にあたる）が公然と税収を私物化できる）を歴任し、美麗な寺院をドン！と上皇たちに献上した。そんな名家の若様が、この朗読で語られる如《ごと》く、いかがわしい区域に出入りしたり、みみっちい金策の使い走りをするわけがない。

作者・吉川英治は、小説はフィクションなのだから全く正当なやり方だが、明らかに「うそ」をついている。でもそれは、この長大な小説の中から、わざわざ朗読の場面に選ばれる程《ほど》の、大切な「うそ」であった。そこにはどんな事情があったのか。

『新・平家物語』は一九五〇年から、五七年にかけて執筆された。読者の圧倒的な支持を集め、掲載誌である『週刊朝日』は百万部を売り上げたという。太平洋戦争の傷跡《きずあと》が癒えていない時代を生きていた読者は、貴族の番犬にすぎなかった清盛が、天下を動かす権勢者へと上りつめるさまに熱い声援を送った。

平家のめざましい躍進は、敗戦から復興する日本と二重写しになっていた。清盛と平家の物語は、過去の歴史でありながら現代日本の姿でもある。『新・平家物語』は吉川のいう「後鏡としての文学」の代表作だった。そしてそうした関係性を構築するために、若き日の清盛は、史実に反することになっても、みすぼらしくあらねばならなかった。庶民が行き交う塩小路をうろつかねば、ならなかった。

二〇一二年、大河ドラマ『平清盛』が不人気にあえいだことは記憶に新しい。その理由は様々にあるだろうけれども、『新・平家物語』と比較してみたとき、受容する主体となる社会の変質を思わずにはいられない。

社会を見透して物語をつむぐ。時代考証役として大河『平清盛』に関わり、史実だ史実が一番だと口やかましく説いたぼくは、しれっと「うそ」を朗読できる作家・吉川の慧眼《けいがん》と器の大きさに接し、どうしようもない敗北感を覚えている。

吉川英治(一八九二—一九六二)『宮本武蔵』『新・平家物語』『私本太平記』

吉川英治「新・平家物語」

『新・平家物語』（講談社）

　ここ一年の余、うっかり忘れていた貧乏が、そのため、一夜のうちに、凩《こがらし》のようにまた襲《や》ってきた。

　おととし、海賊の平定の功で、忠盛が、めずらしくも朝廷から賜わった恩賞の品々《しなじな》も、一封の金子も、あればあるにしたがって、かれの妻の浪費と、ことしの病気とで、むなしく消え、昨今はもう朝晩の粥《かゆ》すら、すすりかねて来た。

　そこで、毎度なので、書きにくそうな手紙を書いた忠盛は、清盛にさえ、いいにくそうに、

（平太。また、すまんがのう、叔父御《おじご》のところまで、行って来てくれい）

　となったきょうの使いなのだった。

　それはいい。それを忍ぶとしても、出がけに、平太よ。また、帰りに、塩小路などを、うろつくなよ——。の一言は、気にくわない。

「子どもにだって、少しは、楽しみがあってもいいだろう。あわれや、この春で、おれも青春二十歳《はたち》になる。その若さで……叔父《おじ》貴《き》のやしきへ金借《かねか》りとは」

　自分で自分がいとしまれた。こう思っても、決して、不逞《ふてい》ではあるまいと、清盛は考え考え歩いていた。

「またかよ。平太……」

　叔父の忠正は、手紙を読んで下におくと、実にいやな顔をした。手紙が求めているものを貸してはくれたが、叔母も出て来て、

「なぜ、和郎《わろ》は、母方《ははかた》の身よりへ無心に行きなさらぬ。わろの母御前《ははごぜ》は、みな、れっきとした、藤原の朝臣《あそん》とやら、中御門様とやら、きら星な御貴人ぞろいではおわさぬか。また、それが大自慢の、よい母御前をおもちではないのか。——忠盛どのへも、いうてあげたがよい」

　それから始まって、清盛を前に、かれの両親の棚下《たなお》ろしである。子として、これを聞くほど、辛いことは

ない。清盛は、ぼろぼろ泣いた。

だが、忠正の家庭とて、楽でないことは、かれにもわかる。朝廷にも、院の方にも、衛府や武者所《むしゃどころ》の制ができて、たくさんな武士をおくことにはなって来たが、いわばこれらの人間は、野性で勇猛な点だけを取りえに思われて、藤原貴族などからは、紀州犬や土佐犬の性能なみに、番犬視されている公《おおやけ》な奴僕《ぬぼく》にすぎないのだ。もちろん殿上人《てんじょうびと》との同席はできず、地方に所領はあっても、たいがい山地や未開地である。平氏も源氏も、おしなべて皆〝地下人《ちげびと》〟と呼ばれていた。給田《きゅうでん》の収入《みいり》は薄く、余得もなく、武士の貧乏は、通り相場なのだった。

わんわん市場

二月の寒風《さむかぜ》を、初東風《はつごち》とかいう。春だと思うせいか、よけい冷たい。

「ああ、腹が減《へ》った。すき腹のせいもあるぞ」

叔父も叔母も、飯《めし》を食うて行けともいってくれなかった。——それさえ、かえって幸いに思えたほど、この門は、逃げるように飛び出して来たのである。もうもうこんな使いはしたくない。乞食《こじき》になってもしたくないと思う。

「おれともある者が、ぼろぼろ、涙をこぼしたのが残念だ。銭《ぜに》を見て、泣いたと、先では、考えたろうな。それがいまいましい」

まだ瞼《まぶた》が、腫《は》れぼったい。——往来の者が振り返ると、かれは、泣いたあとを、見られる気がした。いや、涙よごれの顔よりも、じつは若い清盛の身なりの方が、およそ人目を引くものだった。

よれよれな布直垂《ぬのひたたれ》に、垢《あか》じみた肌着《はだぎ》ひとえ。——羅生門に巣くう浮浪児でも、これほどは汚くあるまい。もし、腰なる太刀《たち》を除いたら、一体何に間違われるか——だ。泥田を踏んで来たような草履《ぞうり》や革足袋《かわたび》。うるしのはげた烏帽子《えぼし》は、すこし斜《はす》かいに乗っかっている。背丈はずんぐり短く、かた肥りという体軀《からだ》だ。

背のわりに、頭が大きい。耳、鼻、口、造作すべてが、大振りなのが、この顔の特徴だった。……

角幡唯介が聴く
井上靖「氷壁」

井上靖の朗読を聞いたのは初めてだが、きわめて抑揚のない語り方をする人だ。感情が表に出るのを避け、一定のペースを頑《かたく》なに守り、決められた音域からはみ出さないように意識しているかのような語り口である。まるでその音域から足を踏み外せば山から滑落してしまうとでも思っているかのようだ。

その特徴は遭難の場面にも表れている。『氷壁』には次のような場面がある。主人公の魚津恭太が冬の前穂高岳東壁を登攀《とうはん》中にパートナーの小坂乙彦が墜落、その衝撃でザイルが切れて小坂が死亡する。実際の山岳遭難をもとにした有名なシーンだが、井上靖の機械のような語り口はこの劇的な場面でも変わらない。息づかいにやや熱がこもり、心臓の鼓動がはやくなっている節は感じられるのだが、どうも井上本人がその事実を認めていないようだ。魚津が墜落した小坂にむかってその名を叫ぶときも、小声で「こさか……」とつぶやくだけ。普通なら絶叫すると思うのだが……。一体なんだというのだろう。

彼の朗読の冷静さは、じつは『氷壁』に流れる全体的な雰囲気と通底している。この作品が山岳小説の古典として読み継がれているのは、客観的で抑制のきいた文体が冬季登攀の現場そのものを体現しているからだ。冬季登攀では意外と劇的な感情のブレはおきないが、それは冷たく透き通る冬山の凍《い》てつく空気ゆえである。登攀者の感情は寒さによって凍結し、墜落への恐怖や登頂の歓喜は決して爆発しない。それは死についても同じだ。冬山の醍醐味《だいごみ》は死がすぐそこにあることによる緊張感の中にあるが、その死もまた闇の底からヒタヒタと音もなく忍び寄ってくるだけで、物凄《ものすご》く静かなのだ。そう、井上靖の朗読は冬山そのまんまなのである。

テーマは通常、文体には影響をあたえるが、声色まで決定するとはあまり聞いたことがない。恐るべし井上靖。彼には冬山が憑依《ひょうい》していたのだろうか。

井上靖（一九〇七－一九九一）『氷壁』『天平の甍』『蒼き狼』

井上靖「氷壁」

『氷壁』（新潮文庫）

魚津は岩と岩との間にピッケルをさし込むようにして立てて、そこで確保していた。こんどは最後の難場であった。雪をへばりつけた岩が屏風《びょうぶ》のように前面にそそり立っている。四、五間程隔ったところで、小坂は長いことかかって足場を探していた。

落雪による雪煙りが二回、小坂の姿を魚津の視野から匿《かく》した。雪煙りが去って行くと、相変らず岩壁にはりついている小坂の姿が見えた。小坂は徐々に登り始めていた。が、やがて、

「よし、——来い」

小坂の合図で、魚津はピッケルを岩の間から抜くと、小坂の立っている岩角へ向けて登り始めた。

雪の積っている個処と、全然雪をつけず灰褐色の岩肌を露出しているところが入り混っている。魚津は、そこを小坂がやったように一歩一歩足場を確めて登って行った。

やっとのことで、魚津が小坂の立っているところから半間程下の地点へ着くと、代って、小坂はすぐ登り始めた。二人は言葉を交わす気持の余裕はなかった。苦しい危険な作業が二人から言葉を奪《と》り上げていた。

魚津はピッケルを岩の間に立てたまま、友の姿に眼をやっていた。風は斜面の左手から吹きつけて、絶えず雪煙りが下方の空間を埋めている。時々落雪が不気味な音をたてて魚津の足場に散った。

その時小坂は魚津より五メートル程斜め横の壁に取りついて、ザイルを頭上に突き出している岩に掛ける作業に従事していた。ふしぎにその小坂乙彦の姿は魚津には一枚の絵のようにくっきりと澄んで見えた。小坂を取り巻いているわずかの空間だけが、きれいに洗いぬぐわれ、あたかも硝子《ガラス》越しにでも見るように、岩も、雪も、小坂の体も、微《かす》かな冷たい光沢を持って見えた。

事件はこの時起ったのだ。魚津は、突然小坂の体が

急にずるずると岩の斜面を下降するのを見た。次の瞬間、魚津の耳は、小坂の口から出た短い烈しい叫び声を聞いた。

魚津はそんな小坂に眼を当てたまま、ピッケルにしがみついた。その時、小坂の体は、何ものかの大きな力に作用されたように岩壁の垂直の面から離れた。そして落下する一個の物体となって、雪煙の海の中へ落ちて行った。

魚津はピッケルにしがみついていた。そして、小坂乙彦の体が彼の視野のどこにもないと気付いた時、魚津は初めて、事件の本当の意味を知った。小坂は落ちたのだ。

魚津は、無我夢中で、

「コ、サ、カ」

と、最後のカの音を長く引いて、ありったけの声を振りしぼって叫んだ。そして再び、同じ絶叫を繰り返そうとして、それをやめた。小坂乙彦の名をいくら大声で呼んでみても、それがどうなるものでもないことに気付いたからである。

魚津は足許《あしもと》の下の方に視線を落した。相変らず風が岩壁の雪をさらって、それを吹き上げており、視野は全く利《き》かなかった。もっとも雪煙がそこを鎖《とざ》していなくても、この前ピッケルを立てた地点から下方の岩は、そっくり大きく削りとられていて、その下への見透しは利かないはずであった。二人はその絶壁をさけて、横手の方からここまで登攀してきていた。

魚津はザイルをたぐった。ザイルはそれ自身の重さだけを持ってずるずる高処から岩肌を伝わって彼の手許にたぐり寄せられて来た。ショックを全然感じなかったことは不思議であったが、魚津はそんなことを考えているゆとりはなかった。ザイルはなんらかの理由で、小坂がスリップし、その体重がかかると同時に途中で断ち切られたのである。

ザイルの全部が手許に来て、すり切れたように切断されているその切口を眼にした時、魚津の心を改めて、言い知れぬ恐怖が襲いかかって来た。小坂乙彦は落ちたのである。どこへ落ちたか判らなかったが、とにかくAフェースの上部から渓谷の深処へ墜落したのである。

島田雅彦が聴く

倉橋由美子「ある老人の図書館」

倉橋由美子さんとは実際にお会いする機会には恵まれなかったが、よく長電話に付き合わされた。「倉橋でしゅ」という優しく可愛い口調で繰り出される長電話の話題には三パターンあって、その一は原因不明の病についてだった。自身が悩まされている奇妙な症状を事細かに説明し、治療法がないと医師に見放されているが、死ぬことはないと明るく報告するのである。症状は悪化しているらしく、それが私に会えない理由だともいうのだが、逐一の報告を聞くうちにそれは倉橋さん自身が考え出した病気で、今度書く新作のネタではないかと疑ってみたりした。話題のその二は倉橋さんに不愉快な思いをさせた人物の批判だった。かなり辛辣《しんらつ》な告発だったが、いつも茶目《ちゃめ》っ気のある復讐《ふくしゅう》の方法を考えていて、その方法が妥当かと私の意見を求めるのだが、答えに困った。話題のその三は折々のスキャンダルやゴシップについての倉橋さんのコメントなのだが、これも酷薄で、SNSなどで発信したら、炎上は避けられないだろう。権威に対する風刺の感覚は冴《さ》えていて、今風にいえば、マツコ・デラックスばりの毒舌のリベラルという感じだった。敵に回すと恐ろしいおばさまにフレンドリーに接してもらえる幸運を若かった頃の私は嚙《か》み締めていた。

日本文学には平安王朝の清少納言や紫式部から始まる才女の系譜というのがあって、近代においては樋口一葉や田村俊子、野上弥生子、宮本百合子などに代表されるが、六〇年代以降では倉橋由美子を外すわけにはいかない。その鮮烈なデビュー作『パルタイ』、『聖少女』、『反悲劇』などの作品を高校生の頃から愛読し、畏敬《いけい》の念を抱いていた私は、風刺やパロディのジャンルで筒井康隆に匹敵する唯一の存在とついベタな評価をしてしまいたくなるが、『老人のための残酷童話』の一つだけでもその特異さは際立っている。朗読の調子は長電話の語り口と全く同じで、懐かしさに涙を誘われる。

倉橋由美子（一九三五－二〇〇五）『パルタイ』『スミヤキストQの冒険』『アマノン国往還記』

倉橋由美子「ある老人の図書館」

「ある老人の図書館」所収『老人のための残酷童話』(講談社)

その図書館は気が遠くなるほど長い一本の廊下からできていました。廊下は蛇のようにとぐろを巻いて、あるいは蚊取り線香のように渦を巻いて、中心部の方へと下がっていく構造になっていました。廊下の幅は四メートルもありませんでしたが、総延長は何十キロメートルになるか、正確なところは誰にもわからないほどでした。この図書館には広い閲覧室というものはありません。廊下の片側、全体の中心部に向かった側に窓があり、その窓際に長い切れ目のない机が続いており、それが閲覧用の場所になっていました。そして廊下の反対側の壁が書架になっているわけで、閲覧者は書架から探し出した本を窓際の机で読むことになります。本から目を上げて窓の外を見ると、渦を巻きながら次第に低くなっていく廊下のうねりと、中心部にのぞいている暗い穴のようなものが見られました。

ここには前世紀までに出版されたすべての書物が集められていました。この「すべての」という謳い文句が正しい限り、これから先、蔵書が増えるということはありません。そして「すべて」揃っているはずの本が一冊でも失われることも許されません。だから蔵書はすべて稀覯本の扱いで、館外貸し出しは一切認められていませんでした。

そのこともこの図書館が人気を失った理由の一つでしたが、しかし人々が読書に関心を失い、本というものを読まなくなったのはずっと以前からのことで、今では図書館に物を調べに来たり本を読みに来たりする人は本当に珍しくなりました。この図書館の閲覧者も一日に一人から数人、多い日でも十人を超えることはありませんでした。ところがただ一人だけ毎日閲覧にやってくる老人がいました。図書館は、この老人のおかげで、閲覧者ゼロという記録の樹立を免れていました。

その老人をただ老人というのは、実はいまだに男女の別が不明だったからです。大変な高齢であることは間違いありませんが、この人だけの特徴なのか、老人一般に見られる傾向なのか、老いとともに男らしさも女らしさも失われ、皺だけが深く刻まれたその顔は、この老人に一種独特の賢者の風貌を与えていました。

館員たちは、この老人が「おじいさん」であるか、「おばあさん」であるかについて、少なからぬ興味をもつようになり、折にふれて議論していました。まず、名前が男とも女ともとれるものでした。提出された閲覧者登録票には性別の欄と年齢の欄がありません。人に性別と年齢を訊くことは重大なプライバシーの侵害に当たるという説が最高裁判所の認めるところとなって以来、人は各種の公式書類に自分の氏名を記入する際でも、明らかに男女の別を示すような名前なら書かなくてもよいことになっています。年齢、生年月日の記入も廃止されていました。

毎朝、老人は開館と同時に姿を現しました。というよりも、受付の女性職員にとっては、この老人が現れることで開館時刻になったことを知るようなものでした。

「今日は。今日もよろしくお願いいたします」と老人は丁寧に挨拶してから入館しましたが、その声は嗄れていて、男としては高目、女としては低目でしたが、声だけでは男とも女とも決めかねました。

ある日、やってきた老人に事務長補佐の男がわざと親しげな調子で、「おじいさん」と呼びかけてみました。老人はむっとした様子で、返事をしませんでした。あわてて、「おばあさん」と言い直すと、老人はさらに怒った顔をしてそれにも応えず、

「普通に二人称で呼ぶか、ちゃんと名前で呼ぶか、どちらかにして下さい」と言いました。この反応からすると、「おじいさん」ではなくて「おばあさん」の方かと事務長補佐は思いましたが、しかし考えてみると、老人が怒ったのは性別を間違えて呼ばれたからではなさそうなので、結局「おじいさん」か「おばあさん」かはわからずじまいでした。

山下澄人が聴く

開高健「ベトナム戦記」

開高健の声は子どものようだ。甲高くて速い。

ほとんど本を読まなかった若いとき、唯一見つけたら読んでいたのが開高健で、『オーパ！』から読みはじめて出ていた本をほとんどさかのぼるようにして読んだ。初期の『裸の王様』や『巨人と玩具』を読んだとき印象が違った。その境目にベトナム戦争があることを知ったのはあとのことだ。

開高健の書くものはベトナム戦争へ記者として潜り込んで帰って来てから以降まったく違う。確かその境目に『青い月曜日』があって、戻って来てから続きが書けずにいたとエッセーか何かに書いてあったのを読んだおぼえがある。

テレビで本人が釣りへ出かけていく紀行番組を見て開高健の声に驚いた。あの姿かたちにも同じように驚いてもよさそうだけど、写真で何度も見ていたというのもあったがその姿かたちには驚かなかった。あの声に驚いたのだ。別の声を想像していたとかそういう意味ではない。

作者の声など想像しない。そもそも生身の人間が書いているとは思ってない。思ってないという自覚すらない。そこには本しかない。作者の生き死にもない。少なくともぼくはそうだ。

あの声。

無口な人の声では絶対にない声。長年人と大きな声でやり取りしてはじめて獲得されたであろう声。

それ以降読むたびにあの大きな声がした。あの声の持ち主が今読むこれを書いているのかとしばらく邪魔をするのだけどしまいに慣れた。慣れると同時に書かれたものの印象が変わった。湿っていると見えていたものが、突然乾いていたのだと分かった。さっぱりした。さっぱりしたら声は聞こえなくなった。しかしいつでも思い出せる。それはぼくの中では珍しいことだ。ぼくは死んだ人の声を何より最初に思い出せなくなる。

開高健（一九三〇－一九八九）『裸の王様』『ベトナム戦記』『輝ける闇』

開高健「ベトナム戦記」

ベン・キャットからサイゴンにもどってくると、ホテルの部屋に足を踏み入れた瞬間、泥と汗にまみれた体のなかで水のような音楽がわき起るのを感じた。ベッド。インキ壺。酒瓶。壁のカレンダーの落書。窓。窓の日光。原稿用紙。派手な赤と青の染分縞の航空便封筒。すべての物がいっせいに声あげた。物たちは私を一瞥して讃歌をうたいだした。風呂に入ると、わき腹に一匹、ジャングル・ダニがしがみついていた。血を吸ってころころに肥っていた。ちぎってやると彼もまた細い細い足をもぞもぞさせて讃歌をうたいだした。ベッドにもぐりこむと新鮮な、固いシーツも讃歌をうたいだした。私は日なたの犬のように体をくねらせてもがいた。いたるところに奇蹟があった。何故かわからないが、まだ私は生きていた。灼熱した指さきは額にふれなかったのだ。何故かわからないが、私は巨大な手の影から逃げだすことができたのだ。まだおれは生きているのだと思うと、いっさいがしびれ、ふるえながらひらいた。

『ベトナム戦記』（朝日文庫）

■117　山下澄人が聴く　開高健「ベトナム戦記」

江國香織が聴く
遠藤周作「おバカさん」

終戦から十数年後の東京に住む兄妹のところに、一人のフランス人がやってくる。馬のように顔の長い、おっとりした、人の好《よ》い青年で、ガストンという名前だ。もともとガストンのペンフレンドだった兄は最初から彼に好感を持つのだが、株が趣味（！）でリアリストで現代っ子の妹の目に、ガストンはいかにも頼りなく、弱々しく、情《なさけ》なく見える。古き良き昭和の、コメディタッチのファミリードラマ風に始まるこの小説は、でも途中からみるみる不穏なことになる。愚連隊、売春婦、謎の老人、犬さらい、殺し屋、といった人々が登場し、まさかのどんぱちがくりひろげられる。巻込《まきこ》まれるというより、半ば進んで社会の暗部に分け入り、ひたすら人を信じ、善を為《な》そうとするガストンとは何者なのか——というのが「おバカさん」のあらすじで、そこにはもちろん、作者の生涯のテーマだったキリスト教の思想がある。

朗読されるのは、危険もかえりみずに殺し屋を追って山形に旅立つガストンと、最初のうち彼をばかにしていた、リアリストの妹との別れの場面だ。場所は上野駅。

驚くほどの早口で、奇妙な息のながさで、かなり聞きとりにくい棒読み。けれど小説と見較《みくら》べながら聞くと、あちこちで作者が文章を瞬時に（！）微調整しながら読んでいることがわかる。「改札口」という言葉が二度続けて出てくるところでは二度目を省いているし、「痛いほど胸をしめつけた」の前には「ふいに」が差しはさまれている。芝居のト書きっぽい部分（「くつの音、げたの音、くつの音、げたの音」）は思いきりよく割愛され、二度続く「バカじゃない」も、一度で十分と判断したのか、一度しか読まれない。きわめつけは「ほんとにすきでした」で、「ほんっとうにすきでした」と、わずかにだが確かに、力を込めて発音されている。

聞き手には不親切だが、作品には愛のある朗読なのだった。

遠藤周作（一九二三－一九九六）『海と毒薬』『沈黙』『深い河』

遠藤周作「おバヵさん」

『おバカさん』（中央公論社）

「わたしバカ……弱虫」

　おどけて、巴絵を笑わせようとして、ガストンは自分の頭を指さす。しかしその言葉は彼をバカと考えていた巴絵には痛烈な皮肉のように感ぜられた。彼女は思わず顔をあからめて……うつむいた。

　列車の汽笛がかなしく響いた。

（二〇時三五分発福島、米沢、山形、秋田……奥羽線まわり青森行普通列車の改札をはじめまあす。御乗車の方は十二番線の改札口からおはいりくださあい……）

「これよ」巴絵は小さな声でつぶやいた。

「サヨナラ」

　ガストンはふたたび大きな掌で巴絵の手を握ったが、

「サヨナラ、巴絵さん……わたし、巴絵さんほんとにすきでした」

　そして彼の大きな体は、くるりとうしろをむくと、同じ汽車に乗る人々に囲まれながら改札口に向って遠ざかっていった。

　くつの音、げたの音、くつの音、げたの音。

　巴絵は一瞬ぼうぜんとして、その大きな背中を見送っていた。チンチクリンの洋服、トランクを持った日本人にぶつかって、不器用なあの歩きかた。

「巴絵は男というものを知らんよ……」

　不意に彼女の頭に、またしても兄の隆盛の言葉がよみがえってきた。寂しさとも悔いともつかぬものが、痛いほど胸をしめつけた。

「待って」

　改札口をくぐりぬけて十二番線ホームに向かう行列のなかを、巴絵は走りだした。

「待ってよ、ガストンさん」

　人々のトランクやリュックサックが彼女の体にぶつかった。それでもかまわなかった。けげんな顔をしてその客たちは彼女をふりかえった。それでもかまわなかった。

「ガストンさん」

キョトンとした目で巴絵を見おろすガストンに、

「あたし……」彼女はなにを口に出してよいのかわからなかった。

「……」

「行ってらっしゃい。……それを言うのを忘れたの。それを言いにきたの」

「アリガト……」

大きくうなずくとガストンは改札口をフラフラと通りすぎていく。

巴絵は、その改札口のそばに立ちどまってホームをながめていた。入場券を買って内側にはいることはできる。だがそうしたくなかった。列車がすべりだす。手をふる。ホーム特有のあの寂しさが今の彼女にはいやだった。ここにいて、ガストンにも知られずに、そっと列車の去るのを見送りたかった。

(バカじゃない……バカじゃない。あの人はおバカさんなのだわ)

はじめて巴絵はこの人生の中でバカとおバカさんという二つの言葉がどういうふうに違うのかわかったような気がした。素直に他人を愛し、素直にどんな人をも信じ、だまされても、裏切られてもその信頼や愛情の灯をまもり続けて行く人間は、今の世の中ではバカにみえるかもしれぬ。

だが彼はバカではない……おバカさんなのだ。人生に自分のともした小さな光を、いつまでもたやすまいとするおバカさんなのだ。巴絵ははじめてそう考えたのである。

朝吹真理子が聴く
野上弥生子「海神丸」

マイヤというイラク系アメリカ人と親しくなった。彼女はミシガン州で小さな出版社と本屋を経営していた。その本屋では時折朗読会がひらかれるらしい。彼女はアルメニア語を母語としていて、一度、西アルメニア語で詩を書くアーティストを招いたら、ほとんどの観客はアルメニア語を解することはないのに、朗読のことばに激しく惹《ひ》かれるものがあったようだ、と言っていた。

私はマイヤの話に深く頷《うなず》きながら、エミリー・ディキンスンの詩は、英語がわからなくても原文でくちずさみたくなることや、詩は意味も大切だけれど、言葉の意味がはがれおちても、音楽のように抱え持つことができると話した。謡曲も、言葉は物語の筋より音楽に奉仕しているから聞いていて心地よいのではないかと思った。マイヤに、日本の詩人で誰が好きか問われて、西脇順三郎の「失われた時」という作品の末尾の話をした。日本語のしくみがほどけて意味がとれなくなり、最後は言葉が水音になってゆく作品だった。

マイヤと別れた後、野上弥生子を聞いた。一音ずつはっきり意味がわかることがかえって奇っ怪に思えた。詩の場合は言葉の意味がわからなくても朗読を聞きたいと思うけれど、小説の朗読はどうだろうか。ジョイスの朗読を聞いたときは、意味がまったくわからなくても呼吸のタイミングを知ることができたのが嬉《うれ》しかった。

百歳近くまで生きた野上弥生子の矍鑠《かくしゃく》としたすがたが声からも伝わってくる。彼女は亡くなるまで毎日原稿用紙を前にし、作品を書き続けた。書き続けることが作家の姿であるとは彼女の背中を通して学んだ。文章は簡潔で、人間を人間たらしめる良心について、「海神丸」は向き合っている。肉声で聞く方が文章を読むより腑《ふ》に落ちることが不思議だった。読み進める運びが気持ちよかった。ずっと聞いていたい声だったが、これは、言葉がわかるからこその快楽だと思った。

野上弥生子（一八八五－一九八五）『海神丸』『迷路』『秀吉と利休』

野上弥生子「海神丸」

『海神丸』（岩波文庫）

十二月二十五日の午前五時、メイン・トップ・スクーナ型六十五トンの海神丸《かいじんまる》は、東九州の海岸に臨むK港を出帆した。目的地はそこから約九十海里の、日向《ひゅうが》寄りの海に散在している二三の島々であった。島では、木炭に木材、それから黒人仲間で五島《ごとう》以上だ、と値ぶみされるみごとな鯣《するめ》が出る。その他、なにかしら海産物は一年じゅう絶えないうえ、往復に日数がとれないから、割のよい点では、これぐらい割のよい航海はなかった。海神丸の若い船長はそれをよく知っていた。彼は阪神《はんしん》方面や中国筋をひと回りして来たあとでは、きっとこの島の方へ舵《かじ》を向けた。島でちょうどな積み荷がなければ、進んで大隅《おおすみ》あたりへのすまでであった。

今度の航海は、町の問屋《とんや》筋の大豆《だいず》を門司《もじ》から積んで戻ったばかりであった。しかし、そのまま故郷の浜へ帰って、畳の上で正月を待つのはもったいなかった。まだ四五日は残されてある。島ならば、その間にひと仕事できるはずであった。木炭《もくたん》でも材木でもよい。晦日《みそか》までに何かひと船積んで帰って、正月銭《ぜに》を余分に取ってやろう。これが彼の計画であった。ただ残念なことは、日があまりに押しつまっているので、島の家々の正月の用意はすでにだれかの早い船で整えられているに相違なかった。そこで彼はいつも積んで行く酒とか、米とか醬油《しょうゆ》とか、またその他のちょっとした雑貨類とかを、今度はすべて積まないで空船《からぶね》で出かけた。

寒さは強かったが、空はよく晴れ、風は追手《おいて》で、門《かど》出《で》の船には申し分のない朝であった。海神丸は六枚の帆を六枚ともいっぱいにふくらませ、ようやく明るくなって来た海の路《みち》を、大きな鳥のように軽く飛んだ。船のうちでは四人の乗組員がそれぞれ朝の仕事についていた。船長の甥《おい》にあたる船乗りらしくもなくきゃしゃなからだつきをした十七の三吉《さんきち》は、大阪風な、黒いあつしの上に三尺を締め、後甲板《かんぱん》の船長室の隣《とな》りの小さな炊事場で、朝飯のしたくをしていた。彼は頭の上の小窓の向こうにぴちゃぴちゃしている波をば知らないもののごとく、ちょうど娘が朝の台所で働いているとなんにも変わらぬ、平気な、物なれたふうで、米を炊《かし》いだり、味噌《みそ》をすったりしていた。五郎助《ごろすけ》はメイン・マストの根元で、同じ服装で、ねじ鉢巻《はちまき》をして、大《おお》あぐらをかいたまま、鼻唄《はなうた》をうたいながら、船具の繕い物をしていた。八蔵は舵《かじ》を取っていた。この二人《ふたり》の若者はどちらも四つ五つ三吉より年上でからだも大きく、頑丈《がんじょう》であった。ことに舵をつかんだ八蔵の太いまっ黒な毛深い腕ぶしは、寄港地の居酒屋《いざかや》で、幾らか酔狂の癖のある彼が相手かまわず振り回すときの強い拳《こぶし》を偲《しの》ばすに十分であった。また五郎助が船乗りらしい乱暴さとともに、どこか抜けたようなところの見えるのと引きかえ、彼は一癖ありげな利《き》かぬ顔をしていた。船長は今起きたばかりで、自分の部屋《へや》にいた。それは入り口が板敷きになった細長い長四畳で、正面には粗末な寝台がおいてあり、その下は布団《ふとん》入れと、小さい箪笥《たんす》になっていた。それっきりで、部屋の中にはなんにもなく、きちんと清潔に片づいていたが、ただ隣の船員室に面した板壁の上に、大事な二つの小さい棚《たな》が吊《つ》ってあった。一つの棚は海図や、コンパスや、バロメートルや、磁石や、航海日誌や、その他ひとかどの船員の部屋にならだれの部屋にもきっとあるはずの品々《しなじな》が、安物ながら皆そろって並んでいた。またその棚のすぐ左手の壁には、丙種運転手としての町の水上警察署の認可証の木札が、小谷亀五郎《かめごろう》という彼の名前と、本籍と生年月日——それによると彼はまだ四十になっていなかった——を記《しる》した面を裏にして釘《くぎ》で打ちつけられてあった。

リービ英雄が聴く
安岡章太郎「アメリカ感情旅行」

安岡章太郎はまさに日本の戦後文学の中で巨大な存在だったが、どの国の大作家もそうであるように、その文体がある種の「人格」となっている。そして洋の東西を問わず、大作家ならさまざまなジャンルに行き渡り、フィクションの中にもノンフィクションの中にも、本格的な文芸作品にも一見軽めのエッセイや紀行文にも、そのような「人格」がかならず現れる。

思想やイデオロギーを直接に語らない安岡氏の文学者としての「人格」はきわめておおらかで、しかもディテイルに対してはかぎりなく敏感である。どのジャンルの中でも二〜三ページごとに読者がどきっとするような、世界を新たに見いだす洞察に至るのである。

そのことが一貫して、近代日本独自の「家族の中の私」を書きつくした「海辺の光景」についてもいえるし、その近代日本に多大な影響を与えた大陸国を日本語の中で再発見した「アメリカ感情旅行」についてもいえる。

私小説の中の四国であろうが、ノンフィクションの中のケンタッキーであろうが、やわらかさの中からするどさが滲《にじ》み出て、あらゆるスノビズムとマンネリ化を排除した文章だからだろう、半世紀前の日本と米国を語るその「声」が新しい。

五カ月あまりのアメリカ滞在の最後の日をつづった文章の朗読を聞いても、文体の「声」と作者の実際の声には隔たりを感じない。文体にも声音にも無理も気取りも一切なく、どちらもおちついている。ナッシュヴィルの日常生活の記録なのだが、「アメリカ」をとらえた数々の鮮やかなイメージを通して、けっきょくその風景の奥へ入りきれない自分の心情を表す。にもかかわらず最後には、人間は同じである、という結論に達する。その矛盾に耐えつつ現実の世界に密着取材する「私」の声は、最後までおおらかで、しっかりしているのである。

安岡章太郎（一九二〇－二〇一三）『海辺の光景』『アメリカ感情旅行』『鏡川』

安岡章太郎「アメリカ感情旅行」

『アメリカ感情旅行』（岩波新書）

五月一日

いつの間にか夏になっている——。いま私は、すべての荷物をまとめあげ、古びた寝台の色の褪めた裸のマットレスの上に、茫然と寝ころんでいる。開け放った窓からは蒸し暑い空気がおしよせ、シャツ一枚の体は汗でねっとりする。ついこの間まで、からっ風が吹きつけ、粉雪の舞っていたことが嘘みたいだ。春がどんなふうにやって来て、どんなふうに過ぎて行ったかを憶い出そうとしてみるのだが、ある時間のつながりのなかで、それだけがどうしてもウマく摑み出せない。

何という目まぐるしさだろう。日本をたって来たのも、ほんの一週間まえのことのようだが、このアパートに住みついてからでも今日で満五カ月だ。無論、五カ月は大して長い期間とはいえない。しかし、その間に起った変化を考えると、これはたとえば人が幼年期に感ずる五カ月の長さである。実際、私はこの物なれぬ場所へやって来て、大部分の時を五歳から十歳ぐらいの子供の知能ですごしたように思う。日記に向ったときの私は、日本の中年男の私であり、したがってそこにはいろいろのモットモラシイことが書きつけられているが、書かれたものと書かれたこととの媒体になっているのは、じつはみな小児に等しい判断力によってきたものなのだ。さっき夫婦で別れの挨拶にやってきたキビーの細君の言によれば、私の英会話は近来「おどろくべき改革」をとげた由であるが、自分では一向に改良されたようにも思えない。洗濯屋へあずけてあったものを取りに行ったとき、「ナッシュヴィルともお別れだ」と言うと、顔なじみのおばさんが何か聞きとれぬことを言うので、いいかげんに「イエス」とこたえると、「じゃ、いますぐここから出て行きなさい」と言う。嘘か本当か、彼女は、

「いま、あたしは『もうこんなイヤな所へは二度と来たくはないでしょう』と言ったのよ」というのである。

それはともかく、私が最初、ナッシュヴィルをいやな所だと思ったことは事実である。しかし、その点ではいまはたしかに「改革」された。帰国の日程がきまって、すべてのものが急速に「過去」の中にくり入れられはじめたからでもあるが、いつの間にか私がこの町になじんでしまっていることは疑いない。一方、町もようやく私たちを受け入れてくれるようになった。道を歩いていると見知らぬ人が声を掛けてくるし、最初われわれを日本人だからという理由で敬遠したアパートの家主夫婦も、女房が「お別れ」を言いに行くと、かがみこんで頬ずりの挨拶をし、よかったらベッドはあけておくし寝具も貸すから、もう二三日とまって行けという。これは一つには、われわれが日曜日ごとにせっせと教会まわりをやったおかげだろう。教会へ行ったのは、いくらかでも英語になれるためと、アメリカ人のコミュニティーを観察したかったからであるが、英語もたいして上達せず、したがってまたアメリカ人を観察することなども出来なかったのだが、いつの間にやら私の方が彼等の中に捉えられていた。郵便局やスーパー・マーケットで見知らぬ人にほほえみかけられ、ぽかんとしておると、相手はかならず、どこそこの教会でいっしょになりましたね、と言うのである。その「ほほえみ」に対して、じつは私にはこたえるすべがない。ただ反射的にこちらも頬をゆがめると、それが相手にとっては彼等の友情を受けとめたということになる。だから一度、黒人のプリミティヴ・バプティストの教会へ行ったときは、あとでいろいろの人から、「あんなけがらわしい所へ出掛けるものではない」と、顔をしかめられた。(黒人の教会にもいろいろのものがあるが、プリミティヴ・バプティストというのは、いわばキリスト教をニグロ化したものだ。牧師は説教しながら手を叩いて歌い、聖歌隊はピアノの伴奏でほとんどジャズにちかいような讃歌を合唱する。参会者はこれに応じて、手を叩き、足を踏みならし、リズムにのって掛け声を発し、それが昂まるにつれて教会全体が一つのエクスタシーに包まれる。…

本郷和人が聴く

吉村昭「鰭紙」

タイトルの鰭紙《ひれがみ》とは、紙に貼る付箋《ふせん》のこと。吉村昭は原稿用紙十枚の短編を朗々と読む。その深い声は、短くも凄惨《せいさん》な話に、更なる奥行きを与えている。

大学で経済史を研究する市原は、六万五千人もの餓死者を出した天明年間の南部藩、大庄屋が書き残した見聞録に邂逅《かいこう》した。現地に赴き古文書をめくってみると、飢えに苦しむ惨状が克明に記されている。たとえば、大庄屋の長男は、川岸に流れ着いた子供の死骸をむさぼる女を見た。気配を察知した娘は顔を覆って逃げたが、彼女は付近のふくという十六歳の娘だった。

鰭紙がこの箇所に貼られていて、後の筆が加えられていた。「このふくなる女は」その後、油商・沢木屋に嫁し、子をもうけ、安穏に暮らしている、とある。市原ははっとした。市原が泊まっている旅館の名も沢木屋である。史料を紹介してくれた郷土史家に尋ねると、果たして、旅館は油商の後身であった……。

人口学の成果によると、江戸時代の前の中世は戦乱と飢餓と疫病の時代で、百年ごとに六十万人ずつしか人口が増えなかった。ところが平和になり、飢餓と疫病もとりあえずは収まった江戸時代になっての百年で、人口はいっぺんに千三百万人も増大した。これを見ると江戸時代というのは、とても「まとも」な時代だったのだと私は説いてきた。それは数字からすると、正しい解釈と言わざるを得ない。だがその時代にも、東北地方の農民は、実はたびたび塗炭の苦しみを嘗《な》めてきた。

鰭紙という呼称は、近世の農村文書を扱う人でないと用いない。中世の貴族や武家の史料を読んできた私は、不覚にもこの言葉を知らなかった。地道な調査をしなければ、分からぬ言葉がある。人間の生活がある。吉村という作家は、そうした物語を丹念に調べ、緻密《ちみつ》に書く人であった。彼の朗読は、ともすると現場を忘れがちな「知識の人」に、生きることの重みを突きつけてくる。

吉村昭(一九二七-二〇〇六)『破獄』『冷い夏、熱い夏』『天狗争乱』

吉村昭「鰭紙」

「鰭紙」所収『天に遊ぶ』（新潮文庫）

村役場の前でタクシーから降りた。

二階建の古びた役場は、葉の生い繁《しげ》った樹木の中に埋れるように建っていて、蟬《せみ》の鳴きしきる声が降りそそいでいる。

昨日の夕方、近くの温泉地の旅館に入った市原は、村役場に電話をし、村史編纂室《へんさんしつ》にいる海野に連絡をとった。海野とは書簡を三度交していて、その日会うことになり、旅館からタクシーで役場に来たのである。

市原は、海野から電話で指示された通り役場の裏手にまわった。手洗所があって、その前に渡り廊下のような通路が伸び、平家建の木造の建物につながっている。

かれは通路を進んで建物に入った。すぐ右手に村史編纂室という木札のかかっている部屋があり、ドアをノックして押した。

窓ぎわに大きなテーブルが置かれ、頭髪の薄れた男が坐《すわ》っていて、市原を眼にすると席を立ってきた。海野であった。

大学で経済学を講義する市原は、江戸時代の各藩の経済政策を研究課題にし、論文にもまとめて発表している。当然、それは藩の領民対策とむすびついていて、調査のため旅をすることが多い。

祖父が興《おこ》した製薬会社は、父が死亡した後、弟が継いでいる。弟は、学者への道を進んだ兄が経済的に不自由なく学究生活を送れるよう、市原が相続した亡父の遺産でマンションを建て、その賃貸料が市原の預金口座に入る配慮をしてくれている。それによって、市原は、意のままに研究に没頭することができていた。

かれは、数年前から天明年間に襲った東北地方の飢《き》饉《きん》の実態を調べ、それについての諸藩の対策を調べることにつとめてきた。ことに六万五千人という最も死者の多く出た南部藩の動きについて、強い関心を寄せていた。

自然に旧南部藩領の飢饉調査をおこなっている郷土史家たちとも識《し》り合うようになり、書簡を交し、時には現地に出向いてゆく。海野はその中の一人であった。

二カ月前、海野から手紙が来た。幕末まで村の大庄《しょう》屋《や》であった家の土蔵から、けかち（飢饉）の見聞を事細かに記した文書が出てきて、それを判読整理しているという。

海野が住む村の被害状況についての藩の記録は、市原も眼にしている。それによると人家六十軒ほどあった村は、激しい飢饉にさらされ、人々は山野の植物を食いつくし、犬、馬、牛の肉まで口にし、遂《つい》には人肉まで食う者がいたという。他の地に流れて行った者もいて、村に生き残った者は八分の一と記されていた。

その地方では一人残らず死に絶えた村もあり、それを書きとめた記録も読んでいるが、市原は新たに発見されたという大庄屋の文書を眼にしたかった。

しかし、年に一回開かれる学会の幹事をしているかれは、その準備にとりかかっていて東京をはなれることができなかった。その学会も半月前に終了し、海野に電話をかけて都合をきき、出掛けてきたのである。

海野を六十歳過ぎの男と想像していたが、頭髪は薄れているものの顔は若々しく、四十代半ばのように見えた。

テーブルをはさんで市原と向い合って坐った海野は、文書を見出《みいだ》したいきさつを口にした。その元大庄屋の土蔵にある文書はすべて海野が眼にしていたはずであったが、近くの町にある信用金庫の支店長をしている当主から、裃《かみしも》、袴《はかま》などをおさめてある長持の底から文書の綴《つづ》りが出てきたという報《しら》せを受けた。それが天明期の大庄屋が記したけかちの見聞記であったという。

海野は立つと、部屋の隅にあるロッカーの前に行き、油紙に包んだものを持ってくると、テーブルの上に置いた。油紙を開くと、状態の良い文書が現われた。

「単なる記録ではなく、村上彌左衛門《やざえもん》という大庄屋が、見聞したことを具体的に記していますので興味深いのです。編纂中の村史にも入れたいと思い、釈文《しゃくもん》もしました」

堀江敏幸が聴く
安岡章太郎「サアカスの馬」

安岡章太郎の「サアカスの馬」は、長年にわたり国語の教科書の定番として親しまれてきた。ある世代にとっては、教室で幾度も読まされ、「解釈」を強いられた負の記憶もふくめて、思い出深い作品のひとつだろう。発表されたのは一九五五年。内容は第二次大戦前の話だが、十代で読むなら主人公「僕」との年が近いので、感情移入はしやすい。

主人公の「僕」は、九段の中学校に通っている。勉強も運動もだめ、食い意地のはっているところだけは一人前だが、食べるのが遅いうえによくこぼすというなんの取り得《え》もない生徒で、当然ながら先生の覚えもよくない。その「僕」が、中学校の隣にある靖国神社の祭の日、境内に建てられたサーカス団のテントの陰に、毛並みの悪い、背中の彎曲《わんきょく》した馬の姿を認め、この馬は自分とおなじように厄介者として扱われ、いじめられているのだと思い込む。

同時期に書かれた他の安岡作品にも見られる、やや誇張された自己卑下を特徴とする節回しに運ばれていくと、「僕」を生みだした作者もおなじように覇気がなくて、頼りなげな声の持ち主ではないかと、つい想像したくなってくる。ところが、録音された作者の声は意外に艶《つや》やかだった。満足できずに「もっかいやる、ここんとこ！」と駄目を出し、やり直しにのぞむときの声にも独特の張りがある。

ただ、朗読の仕方は、靴先をいつもどこかにぶつけてつんのめっている、ぱっとしない少年のふるまいそのものだ。語句を抜かし、助詞をまちがえ、読点を増やす。読み直しでもまたつっかえる。ほんとうに大丈夫かなと心配しつつ、いつのまにか声援を送り、最後までたどり着いたときには、小説の末尾さながら、「われにかえって一生懸命手を叩《たた》いている自分」に気づかされた。

安岡章太郎（一九二〇－二〇一三）『海辺の光景』『アメリカ感情旅行』『鏡川』

安岡章太郎「サアカスの馬」

『サアカスの馬・童謡』（講談社）

僕の行っていた中学校は九段の靖国神社のとなりにある。

鉄筋コンクリート三階建の校舎は、その頃モダンで明るく健康的といわれていたが、僕にとってはそれは、いつも暗く、重苦しく、陰気な感じのする建物であった。

僕は、まったく取得のない生徒であった。成績は悪いが絵や作文にはズバ抜けたところがあるとか、模型飛行機や電気機関車の作り方に長じているとか、ラッパかハーモニカがうまく吹けるとか、そんな特技らしいものは何ひとつなく、なかでも運動ときたら学業以上の苦手だった。野球、テニス、水泳、鉄棒、などもだが、マラソンのように不器用でも誠実にがんばりさえすれば何とかなる競技でも、中途で休んで落伍してしまう。体操の時間にバスケット・ボールの試合でもあると、僕は最初からチームの他の四人の邪魔にならぬよう、飛んでくる球をよけながら、両手を無闇にふりまわして、「ドンマイ、ドンマイ」などと、わけもわからず叫んで、どかどかコートのまわりを駆けまわっていた。おまけに僕は、まったく人好きのしないやつであった。地下室の食堂で、全校生徒が黒い長い卓子について食事するとき、僕はひとりで誰よりも先に、お汁の実の一番いいところをさらってしまう、そんな時だけは誰よりも素ばしこくなる性質だった。そのくせ食べ方は遅くて汚く、ソースのついたキャベツの切れ端や飯粒などが僕の立ったあとには一番多く残っていた。

僕はまた、あの不良少年というものでさえなかった。朝礼のあとなどに、ときどき服装検査というものが行われ、ポケットの中身を担任の先生にしらべられるのだが、他の連中は、タバコの粉や、喫茶店のマッチや、喧嘩の武器になる竹刀のツバを削った道具や、そんなものが見つかりはしないかと心配するのに、僕ときたら同じビクビクするのでも、まったくタネがちがうのだ。僕のポケットからは、折れた鉛筆や零点の数学の答案に交って、白墨の粉で汚れた古靴下、パンの食いかけ、ハナ糞だらけのハンカチ、そう云った種類の思いがけないものばかりが、ひょいひょいと飛び出して、担任の清川先生や僕自身をおどろかせるのだ。

　そんなとき、清川先生はもう怒りもせず、分厚い眼鏡の奥から冷い眼つきでジッと僕の顔をみる。すると僕は、くやしい気持にも、悲しい気持にも、なることができず、ただ心の中をカラッポにしたくなって、眼をそらせながら、

（まアいいや、どうだって）と、つぶやいてみるのである。


　教室でも僕は、他の予習をしてこなかった生徒のようにソワソワと不安がりはしなかった。どうせ僕にあてたって出来っこないと思っているので、先生は、めったに僕に指名したりはしない。しかし、たまにあてられると僕はかならず立たされた。教室にいては邪魔だというわけか、しばしば廊下に出されて立たされることもあった。けれども僕は、教室の中にいるよりは、かえって誰もいない廊下に一人で出ている方が好きだった。たまたまドアの内側で、先生が面白い冗談でも云っているのか、級友たちの「ワッ」という笑い声の上ったりするのが気になることはあったけれど……。そんなとき、僕は窓の外に眼をやって、やっぱり、

（まアいいや、どうだって）と、つぶやいていた。


　校庭は、一周四百メートルのトラックでいっぱいになって、樹木は一本も生えていなかったが、小路を一つへだてた靖国神社の木立が見えた。朝、遅刻しそうになりながら人通りのないその小路を、いそぎ足に横切ろうとすると不意に、冷い、甘い匂いがして、足もとに黄色い粒々の栗の花が散っていた。

　春と秋、靖国神社のお祭がくると、あたりの様子は一変する。どこからともなく丸太の材木が運びこまれて、あちらこちらに積み上げてあるが、それが一日のうちに組み上げられて境内全体が、大小さまざまの天幕の布におおわれてしまう。……

山下澄人が聴く
武者小路実篤「淋しい」

「今の自分に男らしい所は少しもない。

元気もない、活気もない。

そうしてあの世に行ったら、お貞さんや、まきや、彼女に、僕は淋しい生涯を送って来ました、これが貴女達《あなた》の下さった最大の贈物ですと云《い》いたい。」

何をぬかしとんねんこのじじいは、と思わないでもない。思わないでもないがこの口調と声とが耳に不快ではないからややこしい。

声は肉と骨とでできたそのからだから発せられるから、声を聞いて、その声の持ち主が痩せているのか太っているのか大きいのか小さいのかを想像する。想像しているという自覚なしにそれをする。細かくいえばもっと膨大なイメージを声から想像している。

武者小路実篤の写真を見て何だかとてもしっかりとした体格の立派な人で驚いた。驚いたということは、もっと痩せて貧相な人をぼくは想像していたのだろう。背はひょろりと高くて、ひとり者で、読み終えると軽い咳《せき》を立て続けにするような。

全然違う。

書いた人の朗読は、ときに書かれた中身とはまったく別のものを聞く側に伝える。字でだけならぼくはこの人の書いたものを読まないかもしれない。読まない。じめじめうじうじしたものとしか思えない言葉のつらなりは字でだけ見ると鬱陶《うっとう》しい。バカがと言われようと仕方がない。しかし武者小路実篤自身によるこの朗読を聞くと、まったく別の、文字からはうかがい知れなかったおかしみが飛び込んでくる。本文だけでなく近くにいる録音する人に向けてささやくかすかな言葉、というか音でさえおかしい。おかしみを知ってから文字を追うと、驚くべきことにすべてがおかしい。そもそもおかしいものだったのか。だとしたらぼくはそれを字では読み取れていなかった。

武者小路実篤（一八八五－一九七六）『お目出たき人』『友情』『愛と死』

武者小路実篤「淋《さび》しい」

自分は又自分を信じられなくなった。
自分は生きている甲斐《かい》のない淋しい生涯《しょうがい》を送るのだ。
自分は又他人と話をするのがいやになった。
無意味に口を動かし、心に響かぬ言葉を聞くのは
いやだから。
自分は孤独になりたい。しかし時々彼女の姿が見たい。
自分は淋しい〳〵涙の谷をさまよいたい。
涙の谷のみ自分には故郷の気がする。
彼女のことを思うと淋しくなる。

今の自分は彼女に接吻《せっぷん》したくもない、話ししたくもな
い。
しかし姿は見たい。
どうしているかが知りたいのだ。
見交して感じる淋しさがなつかしいのだ。
しかし彼女に逢《あ》うことを恐れている。
逢った処《ところ》でそれによって二人の運命はどうにもならな
い。
もしも彼女を淋しくしたら。
どうせ駄目《だめ》なものなら彼女を淋しくしたくない。

「淋しい」所収『武者小路実篤詩集』（新潮文庫）

今の自分に男らしい所は少しもない。
元気もない、活気もない。
そうしてあの世に行ったら、お貞さんや、まきや、彼
　女に、
僕は淋しい生涯を送って来ました、
これが貴女達《あなた》の下さった最大の贈物ですと云《い》いたい。
いやみではない。
淋しい内に何かある。
淋しい処に故郷がある。
自分は淋しい心に馴《な》れている。

自分は淋しい人間だ、
淋しいことの好きな人間だ。
淋しい色を帯びていないものは何でも自分には賤《いや》しい
　もの、

つまらぬもののように思える。
華《はな》やかな内に淋しさを求めて、
そこに故郷を見出《みいだ》す自分は人間だ。

自分は今迄《いままで》それに気がつかなかった。
気がつかない方が淋しいだろう。
だが気がついた方が淋しいかも知れない。

愛する者には愛されず、
何事もせずに生きられる為《ため》に、
自分は自分の淋しいことの好きなことを感謝する。

島田雅彦が聴く

水上勉「越前竹人形」

私より四十二歳年長の水上勉氏とは何度かお目にかかったことがあり、その圧倒的な存在感を前に萎縮するしかなかったが、水上氏の方は若者が好きなようで、きさくに世間話を振ってもらえたし、持っていたトートバッグを褒めると、中身を紙袋に入れ替えて、「持ってけ」と譲ってくれるような人だった。近代文学はもてない男の系譜だといわれながら、いつの時代も絶えることなくダンディ文士が活躍していた。カミソリのような芥川、ナルシスト全開の太宰、戦後派では大岡昇平、埴谷雄高のインテリ・ダンディ、これらの系譜から水上勉を外すわけにはいかない。若い頃のギラギラした感じは映画『飢餓海峡』の主演俳優三國連太郎のイメージと重なるが、私が知っている「勉さん」は白髪の前髪が一筋額にかかる憂い顔の老イケメンだった。

好奇心旺盛な人で、手ずから骨壷《こつつぼ》を作ったり、絵をたしなんだり、晩年にはパソコンも自在に操っていた。『越前竹人形』は竹細工の職人の母恋、妻恋の物語だが、その手作業の描写を見ても、もの作りへの強いこだわりが感じられる。久しぶりに本作を読み返して、谷崎文学と共鳴し合うものを随所に感じた。職人が理屈ではなく、手作業やその経験から真理を発見する様子、おのが胸の内に抱え込んだわだかまりや欲求を認識する過程が緩やかに腑《ふ》に落ちるのである。理屈で押して行く論法は頭ではわかるが、気持ちがついて行かないことが多いが、水上節は段落ごとに読者の気持ちを確かめてから、先に進むようなところがある。

その感じは朗読にも現れていて、自分で書いた文章を咀嚼《そしやく》するように読み進めており、途中でポロリと独り言を差し挟んだりするのだ。今だったら、こんな書き方はしないのにな風のぼやきが入るたびに、ギャラリーから笑いが起きる。生前、水上さんの講演を聞いた時、「この人、演歌っぽいな」という印象を抱いたが、この独り言はまさに演歌に挿入されている台詞《せりふ》なのである。

水上勉（一九一九－二〇〇四）『雁の寺』『飢餓海峡』『良寛』

水上勉「越前竹人形」

『雁の寺・越前竹人形』（新潮文庫）

大正の初めごろに、この竹神部落で区長をつとめたこともある氏家喜左衛門という者がいた。喜左衛門は幼少時から手先が器用で、裏の竹藪から竹を伐ってくると、ひまにまかせて竹籠《たけかご》、笊《ざる》、傘骨《かさぼね》、団扇《うちわ》骨、茶筅《ちゃせん》などをつくった。鯖江《さばえ》、武生《たけふ》あたりの雑貨屋が聞き伝えて買いにくるようになった。竹材をそのまま売るのでは、せまい土地の藪はやがて絶えてしまう。細工物にして売った方が金にもなったし、藪を守るためにもよかったのである。この喜左衛門のはじめた副業は、やがて、部落全体に波及し、人びとは喜左衛門の小舎にきて細工の手ほどきをうけ、一時は十七戸の三分の二が竹細工に精を出したということである。急傾斜に出来た部落であったから、雪崩《なだれ》をふせぐために祖先が栽培したと思われる竹藪が、思わぬ副業となって、竹神の名を近在に知らしめた。

春の雪どけ時がくると、冬の間につくった目籠、笊、釜敷《かましき》、花筒などを背負うた部落の細工師が、高い南条山脈を越えて、町へ売りにいく姿が見られた。

竹神部落ではじめて竹細工をなした氏家喜左衛門は、早くに妻を失い、一人息子の喜助とふたり暮しであった。三歳の時に死に別れた母の面影は、息子の喜助にはなかった。父親は喜助を、まるでクロチクを育てるようにかわいがって育てた。

喜左衛門は四尺二、三寸しかない小男で、まるで、子供のような軀《からだ》をしていた。顔も小さく童顔だった。小柄《こがら》なわりに頭が大きく、うしろ頭のとび出たその頭は、いつもイガ栗頭だったせいもあって、小坊主《こぼうず》のようなかんじがしたし、ひっこんだ小さい眼《め》が鋭く光っているのも、細工師らしい風貌《ふうぼう》といえたかもしれない。その子の喜助もまた父親に似て、そっくりの容貌をしていた。

喜助は背がひくいことで、村人から馬鹿《ばか》にされた。父親は竹細工師の始祖でもあるから、大ぴらに嘲笑《ちょうしょう》する者はなかったが、喜助の少年時はすでに隣村の広瀬に分校が出来ていたので、学校へゆかねばならなかった喜助は、小柄な軀を笑われながら通学した。喜助はそのために、外へ出るのがいやになった。父について、竹細工をならうようになった。父のような立派な細工物をするようになれば、人を見かえすことが出来るのだと喜助は歯を喰《く》いしばっていた。

　もともと、喜左衛門も、竹細工をはじめたのは、軀が小さくて、腕力がなかったためである。炭俵をかついで冬山をのぼる副業に適さなかった。村人たちは、雪の山をこえ、三里も奥の斜面に炭竃《すみがま》を築いたが、とても、喜左衛門には出来なかった。彼は、小舎の中に筵《むしろ》を敷き、綿のはみ出た座蒲団《ざぶとん》に坐《すわ》っていっしんに竹細工にはげんだものだ。

　器用な喜左衛門の手は、精緻《せいち》な鳥籠もつくったし、茶筅、花筒、筆立、弁当箱など、調法な台所用品までに及んだ。喜左衛門は、徴兵検査で丙種になった翌年京都に旅をして、竹細工師の家や問屋をたずねて工芸細工を研究した。帰ってくると、器用にそれらを真似《まね》て、数十種に及ぶ細工品の雛型《ひながた》をつくった。部落に藪が多くなったのは、やがて、人びとが喜左衛門に習って細工物に精を出すようになり、その必要上から、材料を豊富にするために、わざわざ土地を開き、それぞれの細工に応じた竹種の藪を育成した結果である。

　氏家喜左衛門は、竹藪の中で生きたような男であった。彼の手は子供のように小さく、細い指をしていたけれど、竹にふれると、まるで憑《つ》かれたように、器用に動いた。喜左衛門は大正十一年の秋末に、六十八歳で死んだが、死ぬ間際《まぎわ》まで、しめっぽい杉皮屋根の下の作業場で、竹細工の轆轤《ろくろ》をまわしていた。轆轤とは、自在錐《じざいぎり》のことであって、竹細工をする者ならば、誰《だれ》もが手製でもっていなければならない道具の一つである。樫《かし》材でつくられた心棒に、皮革をまきつけ、横木にこれを通して、鼠歯錐《ねずみばぎり》とよばれる刃先錐を心棒の先にとりつけておく。横木を上下させると、自然と心棒が回転し、固い竹材に穴あけをするのに便利なように出来ている。この轆轤をにぎって、小鳥籠をつくりながら、喜左衛門は老衰のために倒れた。

木内昇が聴く

有吉佐和子「華岡青洲の妻」

戦後の女性について、有吉佐和子はこう語っている。「幸福を追い求める姿勢に厳しさがたりない」。一九六〇年代流行したコピーに、「家付きカー付き婆《ばばあ》抜き」がある。マイホームに車持ちだが姑《しゅうとめ》はいない環境が、望ましい結婚という風潮だ。有吉は「一概に女の一生はこうあるべきだとは言えない」としながらも、果たして「楽」をした先に「幸福」が待っているのだろうか、と疑問を投げかける。

『華岡青洲《せいしゅう》の妻』は、嫁姑の確執を扱った物語だ。才色の誉れ高い於継《おつぎ》に幼い頃より憧れ、その長男である青洲のもとへ嫁いだ加恵《かえ》。当初は良好だった嫁姑の関係は、医者としての修業を終え実家に戻った青洲を巡り、変じていく。彼を真に支えるのは、母か嫁か。女の意地がぶつかり合うのだ。

朗読されるのは、青洲が開発した麻沸湯《まふっとう》（麻酔）の人体実験に我こそ使ってくれろと於継と加恵が懇願する緊迫の場面である。読み上げる有吉の声は低く、落ち着いている。しかしその奥底に地吹雪に似た凄《すご》みをたたえていて、青洲を前に功を競う嫁姑の抜き差しならない応酬をより迫力あるものにしている。

母は嫁が跡継ぎを生めぬことを突き、嫁は姑の年寄りであることを刺す。が、各々《おのおの》の言葉は周到なオブラートにくるまれており、表面的には互いをいたわり合っているようにしか聞こえない。女とはなんと怖いものか、と幾度となく身震いした。

彼女たちにとっては家の中がすべてなのだ。だからこそ自らの優位を勝ち取ろうと躍起になる。それを、さもしいことだ、と笑う気にはなれない。女としての幸福を厳しく追い求める姿が、確かにあるからだ。その世界が小さかろうが大きかろうが、於継にも加恵にも、身を挺《てい》するほど大切にしている場所がある。それは本来、幸せなことではないか。

有吉佐和子の声に宿る地吹雪もまた、他におもねらない自分の人生を戦ってきた証に思える。自らが置かれた場所で精一杯努めることの崇高さを、その声は静かに伝えている。

有吉佐和子（一九三一－一九八四）『華岡青洲の妻』『恍惚の人』『複合汚染』

有吉佐和子「華岡青洲の妻」

『華岡青洲の妻』（新潮文庫）

加恵は感動で全身が震え、言葉も出なかった。

於継と小陸も家の中から出てきた。青洲は母親の前でまた三毛猫に宙返りをやらせてみせた。

「これに麻沸と名附けた甲斐がありましたわ。華佗は麻沸湯というのを使うて大手術をやってるんです」

「大成功ですわのし。おめでとう。お父さんが生きてなしたらどのように喜ばれたことですやろ」

於継の声も感動でふるえていた。

「いやいや、たかだか猫が元気になっただけのことや、まだ成功とは云えませんわい。猫と人間とは大違いですよってにのう。この小さい猫と同じ量では人間には効きませんやろし、どのくらいどの量を増せば人間を眠らせて薬毒からも守れるものやら、難しいのはこれからですのや」

途中から青洲の顔にあった喜色が翳ったのは、どうして人間で試すことができるかと思い到ったからに違いなかった。賢い母親は息子の心の動きを読めない筈はなかった。於継は先刻から庭に出て喜びを嚙みしめている加恵を振返り、じろりと見ると、そのまま黙って暗い家の中に入って行ってしまった。

加恵はこの喜びの最中に自分のいることが何故於継を不快にさせたのか見当がつかなかったが、長い歳月に練られてこだわらなくなっていた。しかし、それにしても今日の於継の様子はしばらく加恵の心にかかった。麻沸と名附けられた猫が見事に宙返りをしたのだ。今日だけでもその喜びに浸りきっていてもいいのではないか。

その謎を解くには幾日もかからなかった。ある夜、青洲の寝所で加恵が夫の着替えを手伝っているとき、於継が唐紙を明けて音もなく部屋の中に滑り込んできた。夜更けではあり、夫婦の間にはそのとき通い合うもののあった折柄で、加恵はいきなり覗き見されたような厭な思いと羞恥心でそこに釘附けになった。於継はそういう加恵には一瞥《いちべつ》もくれずに青洲の前にぴたりと坐ると、迫るようにして口を切った。

「雲平さん、考えに考えた末に云うことですよってに、私の話をきいて頂かして」

「なんですかいな、また改って」

「今日は一日お父さんのお墓にも参って相談してきたのやしてよし。儂が生きていれば同じことをしたやろと、お父さんの声が聞えたように思うたのよし」

「それはいったいなんのことですか」

「麻沸湯の実験は私を使うてやりよし」

愕《おどろ》いたのは青洲だけではなかった。加恵も飛上るほど驚き、息を呑んで夫と姑の姿を見詰めた。

「お母はん、なんのことかと思うたら」

青洲は笑い流す気で咄嗟《とっさ》に肚をきめたらしい。

「夜の夜中にえらいことを云い出して、びっくりしますがな。そんなことに気遣いなく、心を鎮めて寝んで下さい」

「いいえ」

於継の口調には断乎としたものがあった。

「雲平さんの研究に人間で試すことだけが残ってあるのを、身近くいて気附かないのは阿呆だけや。私は雲平さんを産んだ親ですよってに、雲平さんの欲しいもの、やりたいことは誰にましてはっきりと分るのやしてよし」

加恵は自分の耳が今、於継の指先で引裂かれるのを感じた。身近くいて気附かない阿呆というのは、明らかに加恵を指している。私は親だから、はっきり分る、というのにも青洲に対する於継の優位を誇示する響きがあった。

次の瞬間、加恵の口からは激しい言葉が迸《ほとばし》り出た。

「とんでもないことやしてよし。その実験には私を使うて頂こうとかねてから心にきめてましたのよし。私で試して頂かして」

於継は冷ややかに加恵を顧みて云った。

「それこそとんでもないことやしてよし。大事な嫁にもしものことがあっては、私が世間に顔向けできません。私に気をかねて、そんなことは口出しせずと、あなたは大事な命を守って、家の栄えを見ておいなされ」

本郷和人が聴く
大佛次郎「赤穂浪士」

一九二七年（昭和二年）三月、蔵相の「失言」をきっかけとして折からの金融不安が一挙に表面化し、取り付け騒ぎが発生した。台湾銀行が休業に追い込まれ、多くの中小企業が倒産し、失業者が町にあふれた。世にいう「金融恐慌」である。

『赤穂浪士』が書かれたのは、まさにその頃であった。それまでは政府が強要する「忠君愛国」に則《のっと》って「赤穂義士」と呼ばれていた人々を、大佛次郎は職を失った「浪人＝浪士」として捉え、彼らの生き様を活写した。

浪士たちを見つめるのは主人公である堀田隼人。架空の浪人者である彼は、上杉藩家老の千坂兵部に雇われ、蜘蛛《くも》の陣十郎やお仙らとともに、大石内蔵助以下の動静を探る。彼は現代に生きる私たちの分身である。

私たちは「忠臣蔵」を知っているので、武士が主君の無念を晴らす行為に違和感を覚えない。だが当時の敵討ちは、「曾我兄弟の敵討ち」がそうであるように、あくまでも個人的なもの、目上の親族（父や兄）の仇《かたき》を討つものであった。主君の仇討ち、まして徒党を組んでのそれは、存在しなかった。

戦国が終わり、江戸幕府が開かれてほぼ百年。軍事よりも経済。武士の面目よりもカネ。そういう世相の中に生きる内蔵助は、元来が自由人であった。だから家老の地位を失ってもあわてず騒がず、吉良上野介なる一老人というより幕府を相手に、堂々と異議を申し立てる。幕府の成立よりずっと前からあった「武士道」に己のよりどころを求め、自身の生命すら利害得失の外に置いて、主君の敵討ちという前代未聞の難事を成し遂げる。

その内蔵助の自由闊達《かったつ》な人間性を、隼人と陣十郎は確認しあう。大佛が朗読にこの場面を選択したのは、世情がどうあれ、一人の人間として存分に生きることの大切さを言いたかったためではないか。大佛の説得力のある声は、ストレス過多な現代に生きる我々にも、実に重く響いてくる気がする。

大佛次郎（一八九七－一九七三）『赤穂浪士』『帰郷』『パリ燃ゆ』

大佛次郎「赤穂浪士」

堀田隼人は五条の隠れ家で、江戸から来た手紙をひろげて見ていた。

「ほう、こりゃア面白い」

と口走った。

いつものように口重くだまり込んで、窓から外を見ていた蜘蛛の陣十郎が、この言葉を聞いて振り返った。

「何か、いいたよりがありましたか？」

「なアに、芸州へお預けになった浅野大学が江戸を立ったといいますのさ。この手紙より二日三日遅れて伏見へ着く筈だから、よく見ていてくれという話です」

「もとの殿様の弟さんでしたね？」

「そうなのです。成程山科にいる大石がどんな風に動くか、こりゃア見ものだ」

隼人は、大乗気になっていた。

成程、旧主の弟、それも罪なくして配所の月を見ることになった路次に、旧臣で一藩の柱石と頼まれていた内蔵助がどんな態度でこれを迎え、どんな話が出るか？　境遇が非常なだけに、いつもは隠している内秘のことも自然と外にあらわれるかも知れないのである。内蔵助が大学に会ってその不遇を慰めるであろうことは充分期待出来るし、また、あるいは、一歩を進めて自分の向後の覚悟にいい及ぶ、というようなことがあるのが自然と見てよかった。

「どうやったものでしょうねえ？　もう四、五日も間があれば、ばけ込んで宿屋へ住み込むことも出来るのだが……」

「まあ、大したことはありますまいよ」

陣十郎の口調は否定的だった。

「これまでどおりに遠巻きにして見ているだけでいいでしょう。我慢だけの仕事だね。あせったら駄目だ。相手が相手なのだから」

どちらかといえば熱のない口調だった。

「赤穂浪士」所収『大佛次郎時代小説全集　第七巻』（朝日新聞社）

隼人は、陣十郎が退屈して来ているのを知っていた。どっしりと落着いているようでいて瞬間瞬間に絶えず火花を散らしているようなこの男に、今の、のんべんぐうたらりとただ「見ている」生活が向かないのは当然のことだ。これはこの仕事に誘い込んだ隼人が近頃多少気の毒のように感じているところだった。千坂兵部は「見ているだけでいい」ときびしくいっていたし、陣十郎もこれが隠密として一番確実な途で、功をあせれば失敗する、動くなといった千坂さんは流石《さすが》見上げたものだとほめていたようなものだが、それも当の敵手の内蔵助の心持がはっきりつかめれば、またそれで張りも出ようが、何しろ漠然としていて取付きようのない相手なので、未だに復讐の計画が一体あるのかないのかさえ時折疑わしくなって、何だか自分達が世にも馬鹿げた仕事をしているような浮かない心持になるのだった。「我慢ですよ」が、近頃の陣十郎の口癖だった。それも役目にしている隼人にはあきらめようもあるが、ほんの特志からといってよく片棒かついでいる陣十郎が、長い月日の間に投げた気持になるのは無理もないことと思われるのだった。

ただ、それと知って、隼人はさびしい。

「いったいどういう気なンですかねえ？」

「大石ですか？」

陣十郎は、こうきき返したが、急に笑って、

「どうやら、私などより一枚上の人間らしいことは、近頃はっきりとわかりましたよ。千坂さんも負けだね」

と、ぽつりといい出して隼人を驚かした。

「役者が違う。千坂さんはいろいろな殻を背負っているが、あの人は、そんな厄介な荷物がない。いや、こりゃア主人持と浪人者との違いをいっているのじゃありませんよ。心持の上のことです。浪人だといえば大石は、生まれながらの浪人者でしょう。主人があろうが国があろうが心持はいつも浪人者だったのに違いありません。御時世によったら国主大名になった男でしょうが、それにしても、あの男の本体はいつもまる裸の身軽いものだったのじゃありませんかしら」

「これはまた、ひどく感心なすったものですね？」

隼人は、軽く皮肉な口調でいった。

江國香織が聴く
谷川俊太郎「理想的な詩の初歩的な説明」「かっぱ」など

すっきりした声による、明晰《めいせき》な朗読。声が言葉と一体化している。無駄なものが何もないのがおもしろい。〝理想的な詩の初歩的な説明〟という、いかにも谷川俊太郎的な題名の詩のなかに、「詩はなんというか夜の稲光《いなびか》りにでもたとえるしかなくて／そのほんの一瞬ぼくは見て聞いて嗅ぐ／意識のほころびを通してその向こうにひろがる世界を」という一節があるのだが、この詩人の朗読を通して、私たちもまた、それぞれの詩を見て聞いて嗅げてしまう。これはとても稀有《けう》なことだ。なぜなら、普通、肉声には逡巡《しゅんじゅん》や含羞《はにか》みや体温や感情が混ざるからで、それはそれで貴重ではあるにしても、文字だけでできた詩や小説そのものにとってはやはり余分なものだからだ。でもこの詩人の場合、その余分がない。肉声に、逡巡も含羞みも体温も感情も混ぜずに発音している。すごい。そんなことができるものだろうか。もしかすると、この人は普段「ネリリリし」たり「キルルし」たり「ハララし」たりしている宇宙人なのかもしれない。

あるいは、詩人というのはそもそも「もの言わぬ一輪の野花」だから、逡巡も含羞みも体温も感情も持たないのかもしれない。

というわけで、一編ごとに（たぶん詩の言葉と詩人の同化現象によって）空気が変る。〃二十億光年の孤独〃の透徹した軽やかさ、〃鳥羽1〃のしっとりした重み、〃おばあちゃんとひろこ〃のあわあわした哀《かな》しみ。

なかでも必聴なのは〃かっぱ〃で、これはもうただごとではない完成度の朗読である。可笑《おか》しい。何度も繰り返し聴いてしまうこと請け合い。言葉遊びなのだから当然かもしれないが、わかっていてもつい笑ってしまう。声とひらがな、リズムと音。文字を見ながら聴くと、目から入る情報と耳から入る情報が渾然《こんぜん》一体となる。それは、自分に肉体があることを忘れてしまいそうに軽やかな体験で、とても気持ちがいい。

谷川俊太郎（一九三一－）『日々の地図』『世間知ラズ』『私』

谷川俊太郎「ことばあそびうた」より

ののはな

はなののののはな
はなのななあに
なずなのはな
なもないのばな

やんま

やんまにがした
ぐんまのとんま
さんまをやいて
あんまとたべた
まんまとにげた
ぐんまのやんま
たんまもいわず
あさまのかなた

き

なんのきこのき
このきはひのき
りんきにせんき
きでやむあにき

『ことばあそびうた』(福音館書店)

なんのきそのき
そのきはみずき
たんきはそんき
あしたはてんき

なんのきあのき
あのきはたぬき
ばけそこなって
あおいきといき

かっぱ

かっぱかっぱらった
かっぱらっぱかっぱらった
とってちってた

かっぱなっぱかった
かっぱなっぱいっぱかった
かってきってくった

うそつきときつつき

うそつききつつき
きはつつかない
うそをつきつき
つきつつく

うそつききつつき
つつきにつつく
みかづきつくろと
つきつつく

朝吹真理子が聴く
吉行淳之介「私の文学放浪」

吉行淳之介の朗読は聞き取りやすい。発せられる声と書かれた言葉に違和感がないから、聞いていていて、とても楽しかった。これまでいくつか耳にした自作朗読のなかで、作家本人が読んでいるという実感があったのははじめてだった。作者と作品とのあいだの断絶を強く感じたのに、吉行の場合は、声を聞いたことで、書かれた言葉に近づける気がした。

「私の文学放浪」を聞いた後、「娼婦《しょうふ》の部屋」も聞いたけれど、すべて気負いなくはじまり、さらさら流れてゆく。実にあっさりした声をしている。

「私の文学放浪」は、かつて自分の身に起こった記憶を書いているはずなのに、思い出すような読みぶりではない。先生と呼んでいた佐藤春夫との思い出も、優しいのか、冷たいのか、感情のわからない声で読んでいる。朗読している後ろのほうで、夏虫が鳴いているのがわかる。吉行は途中で「暑いな……」とこぼして、録音係のひとが思わず笑い、「ちょっとタオルをもってきます」というところで録音も終わってしまう。吉行が佐藤春夫にはじめて会ったとき、美人のおしりがとてもいいかたちをしていた、などと佐藤に話したというエピソードも、無表情に朗読していて、かえっておかしかった。

朗読を聞いた後に「香水瓶」という短編を読んだ。わずか数ページの作品だけれど、忘れがたい場面があった。男が、かつてなじみの関係だった娼婦と差し向かいで食事をとっている。男は、かつて赤線地帯で過ごした時間が、女の皮膚の感覚や体温として思い起こされて欲情する。男は女に近づこうと、座っていた膝頭《ひざがしら》とふくらはぎに力が籠《こ》もりかかる。女は、男の足にかかったわずかな力に気づき、男が動きだすまえに、それを制する。そのエロティックな一瞬が、繊細に、かつ、簡潔な文体で書かれていた。朗読を聞いたあとだから、言葉のリズムをより楽しむことができたのかもしれない。

吉行淳之介（一九二四－一九九四）『砂の上の植物群』『暗室』『夕暮まで』

吉行淳之介「私の文学放浪」

『私の文学放浪』（講談社文芸文庫）

　誰かに師事したか、という質問を時折受けることがある。私は、文学というものは自分一人でやるものだという意見で、文学上の先輩をかるがるしく「先生」と呼ぶべきではないと心にきめていた。

　私自身、ときおり「先生」と呼ばれることがあり、そういうときには、居心地わるさやにがにがしさを感じる。以前は、「先生というのはやめてください」と、いちいち申し入れしていたが、今はやめた。「先生」と呼んでおけば無難だとか、あるいはそういう呼び方で軽く片付けておこうとか、相手方が考えている場合もあるわけで、その考え方にたいしてわざわざ申し入れれするのは、余計なお世話だと気付いたからである。

　私が「先生」と呼んだ先輩は、佐藤春夫先生と岡田弘先生の二人だけである。岡田先生は私の静岡高校時代の恩師なので、この「先生」の呼称は自然である。佐藤先生にたいしては、じつは最初は「佐藤さん」と呼んでいた。それがやがて「先生」に変った。そのことについて、簡単に書く。

　佐藤先生にはじめてお会いしたのは、昭和二十八年の春だった。庄野潤三が、私を関口町のお宅へ連れて行った。その初対面のときのことは、印象深い。客間で待っていると、先生はゆっくりと自分の席に坐られた。片眼が細くふさがり、もう一方の眼は大きく開いていた。ひどく呼吸がはやく、しばらくそのせわしくなった呼吸を整えておられたが、やがて「美人とか才能ある若者とかと初めて会うときには、興奮して息がはずむ」という意味のことを言われた。今にしておもえば、そのころからすでに先生の心臓には不安があったような気がする。会話の途中でも、ときに言葉を止めて呼吸を整えられることがあり、それを癖の一種かとおもっていたが、心筋梗塞で亡くなられたことと思い合わせると、そうおもうわけだ。

初対面のとき、私は「佐藤さん、佐藤さん」と心易く呼びかけて、先日汽車の中で見かけた美人の話をした。その美人のお尻がとてもいい形をしていたとか、一種の猥談をしたのだが、それまで細くふさがっていた先生の片眼がしだいに大きくなり、やがてパッチリと開いて、機嫌よくいろいろの話をしてくださった。しかし、その後しだいに、先生を取り囲む人たちの雰囲気にはそういう心易さを許さぬところがあるのを感じて、私の呼びかけも「佐藤先生」と変ってしまった。

しかし、鬱然たる老大家にたいしては、「先生」の呼称をもってするのが自然だと、今ではおもえる。佐藤春夫にたいして「佐藤さん」と呼びかけたのは、やはり若気の至りといえるだろう。

堀江敏幸が聴く

井伏鱒二「屋根の上のサワン」

沼地の近くを散歩していた語り手の「私」は、傷ついた雁《がん》を見つけて家に連れ帰り、手当をしてやる。苦労の甲斐《かい》あって元気になると、今度は逃げないように両方の翼の風切羽根を切り、サワンと名付けて庭で放し飼いにすることにした。

かつて「屋根の上のサワン」という表題を目にしたとき、これは醜いアヒルの子のもじりで、主人公はスワンになりそこねたかわいそうな鳥かと思ったのだが、サワンとはインドの「月」を意味する言葉で、明るい感じだから雁の名にもらったのだと作者自身が明かしていることを、後に知らされた。明るいサワンと屈託している語り手の対比。彼が何にくじけているのかは説明されない。サワンとの出会いと別れによって、心の染みが描き出されるだけだ。

回復して屋根に飛び乗り、夜空にむかって鳴きつづけていたサワンは、頼むから逃げたりしないでくれと訴える恩人を置いて姿を消す。支えていたはずの雁に支えられていた「私」は、この先どうなるのか。

井伏鱒二の朗読は、そんなことは作中の「私」が一人で解決すべき問題であってこちらがとやかく言う話ではないという風情の、屈託を通り越していっそ平板を究めたものでありながら、どこか飄々《ひょうひょう》としてやさしい。感嘆符つきの台詞《せりふ》を地の文とおなじ抑揚で読む、魂のバリアフリー。「温かみ」を「あったかみ」と読むあたりでは、なぜかお燗《かん》の匂いさえただよう。

朗読に使われているのは、一九六六年の録音より前の版である。周知のように、井伏鱒二は一九八五年の『自選全集』で、自作に大きく手を加えた。「山椒魚」の改変は当時大きな話題となったが、「屋根の上のサワン」にも異同が見られる。作家は傷ついた雁の翼だけでなく、「自らの血潮でうるおし」た言葉に、小刀ではなくペンで手術を施したのだった。

井伏鱒二（一八九八－一九九三）『山椒魚』『屋根の上のサワン』『黒い雨』

井伏鱒二「屋根の上のサワン」

「屋根の上のサワン」所収『山椒魚』（新潮文庫）

おそらく気まぐれな狩猟家か悪戯《いたずら》ずきな鉄砲うちかが狙《ねら》い撃ちにしたものに違いありません。わたしは沼池の岸で一羽のがんが苦しんでいるのを見つけました。がんはその左の翼を自らの血潮でうるおし、満足な右の翼だけを空《むな》しく羽ばたきさせて、青草の密生した湿地で悲鳴をあげていたのです。

わたしは足音を忍ばせながら傷ついたがんに近づいて、それを両手に拾いあげました。そこで、この一羽の渡り鳥の羽毛や体の温かみはわたしの両手に伝わり、この鳥の意外に重たい目方は、そのときのわたしの思い屈した心を慰めてくれました。わたしはどうしてもこの鳥を丈夫にしてやろうと決心して、それを両手に抱えて家へ持って帰りました。そして部屋の雨戸を閉めきって、五燭《しょく》の電気の光の下でこの鳥の傷の治療にとりかかりました。

けれどがんという鳥は、ほの暗いところでも目が見えるので、洗面器の石炭酸やヨードホルムの瓶《びん》を足蹴《あしげ》にして、わたしの手術しようとする邪魔をします。そこで少しばかり手荒ではありましたが、わたしはかれの両足を糸で縛り、暴れるかれの右の翼をその胴体に押しつけて、そうして細長いかれの首をわたしの胯《また》の間にはさみ、

「じっとしていろ！」

としかりつけました。

ところが、がんはわたしの親切を誤解して、治療が終るまで、わたしの胯の間からは、あの秋の夜ふけに空を渡るのと同じがんの声が、しきりにきこえるのでありました。

治療が終ってからも、わたしは傷口の出血がとまるまでかれを縛ったままにしておきました。さもなければかれは部屋の中をあばれまわって、傷口にごみの入るおそれがありました。

わたしは治療の結果が心配でした。手術の器械など

わたしは持っていないので、鉛筆けずりの小刀でもって、かれの翼から四発の散弾をほじくり出し、その傷口を石炭酸で洗って、ヨードホルムをふりかけておきました。六発の散弾が翼の肉の裏側から入り込んで、そのうちの二発は肉を裏から表に突きぬけていました。たぶんこの鳥を狙い撃ちにした男は、がんが空に舞い上がったところを見て、銃の引金を引いたのでしょう。そしてたまに当たったがんは、空から斜めに落ちて来て、負傷のいたでがなおるまで青草の上で休んでいるつもりでいたのでしょう。ちょうどそこへわたしが通りかかったわけで、そのときわたしは、ことばに言いあらわせないほどくったくした気持で沼池のほとりを散歩していたのです。

わたしは、縛ったままのがんを部屋のなかに置きざりにして、隣の部屋で石炭酸のにおいのする手を洗い、がんに与えるえさをつくりました。けれどわたし自身たいへん疲れているのに気がついて、わたしは火ばちにもたれて眠ることにしました。こういう眠りというものはしばしば意外に長い居眠りとなってしまいます。

わたしは真夜中ごろになって目をさましました。けたたましいがんの鳴き声によって目がさめたのです。隣の部屋で、傷ついたがんはかんだかく、短く三度ほど鳴きました。足音を忍ばせてふすまの隙間《すきま》からのぞいて見ると、がんは足や翼を縛られたまま、五燭の電《でん》燈《とう》の方に首をさしのべて、もう一度鳴いてみたいような様子をしていました。おそらくこの負傷した渡り鳥は、電燈のあかりを夜ふけの月と見違えたのでしょう。

がんの傷がすっかり直ると、わたしはこの鳥の両方の翼を羽だけ短く切って、家で放し飼いにすることにしました。これは馴《な》れると非常に人なつこい鳥でした。わたしが外出するときには門の出口までわたしのあとをつけて来るのです。夜ふけになると家のぐるりを歩きまわり、あたかも飼犬がその飼主に仕えるのと少しも変りませんでした。わたしはこの鳥にサワンという名前をつけ、野道や沼池への散歩に連れて行きました。

「サワン！　サワン！」

サワンは眠そうな足どりでわたしのあとについてきます。

佐伯一麦が聴く
海音寺潮五郎「西郷と大久保」

伊達政宗の御霊屋《おたまや》がある仙台市の瑞鳳《ずいほう》殿に至る坂の途中に、鹿児島県人七士の墓がある。明治十（一八七七）年の西南戦争に従軍した薩摩軍兵士たちは、国事犯として全国の監獄署に護送され、仙台の監獄署には西郷隆盛の叔父である椎原国幹《しいはらくにもと》以下三百五人が収監された。彼らは自ら願い出て、仙台、塩竈《しおがま》、野蒜《のびる》、雄勝《おがつ》などで開墾や築港工事に従事し、宮城県の開発に大きな役割を果たした。その中の獄中死した者の墓である。小学校の遠足で聞かされて以来、私は鹿児島県人に親しみを抱いてきた。

明治維新のすぐれた書き手である海音寺潮五郎もまた鹿児島県人である。西南戦争から二十四年後に生まれた海音寺は、まだ近辺に西南戦争を経験した年長者がおり、その話を聞いて育った世代だろう。明治男の朗読は芝居気は皆無で、地の文と会話を読み分けることなどはせず、喉《のど》太くぶっきらぼうな印象を受ける。木綿の粗い手ざわりを感じさせる薩摩言葉を聞きながら、海音寺は元来学者志望で、中学の国漢教師をしていたという前歴に思い至った。

『西郷と大久保』は、鹿児島城下の大久保一蔵（利通）の屋敷に、二歳年下の友人の有村俊斎がやってきて、西郷吉之助（隆盛）と月照上人《げつしようにん》とに異変があった、という噂《うわさ》を案じるところから始まる。ここでさりげなく、長幼の序の厳しい国柄であることが、丁寧語「ごわす」の会話での使い方で示される。

朗読されているのは、幼友達で力を合わせて維新を成し遂げたにもかかわらず、征韓論で真っ向から対立することになった西郷と大久保との会議での息詰まるやりとりである。「卑怯《ひきよう》でごわすぞ」と西郷のお株を奪うように大久保が発言し、西郷は「ひかえなされ……」と大きな拳でテーブルを叩《たた》く。朗読は平静さを失わず、それだけに革命家西郷と政治家大久保の性格のちがいが伝わってくる。大久保は二歳年上の西郷を中央政府から追い出した、と海音寺は推理している。

海音寺潮五郎（一九〇一－一九七七）『武将列伝』『天と地と』『西郷隆盛』

海音寺潮五郎「西郷と大久保」

『西郷と大久保』（新潮文庫）

岩倉は強情におしきって、

「まろは今も申した通り、今日の我国は外事より内治の方が大事やと信じきっていますが、仮に外事を論ずるにしても、朝鮮のことより、樺太の方がはるかに重大であると思います。なぜなら、朝鮮は外国どすが、樺太は旧幕の頃《ころ》から日露両国民雑居の地として、国境も判然としていない状態ではありますが、わが領土であることは間違いありまへん。そこに住んでいる国民がしきりにロシア兵やロシア人共に殺されたり、盗まれたりしているのどす。これを捨ておいて、なぜ朝鮮のことばかりにそう熱中しなさるのか、その心がまろにはよくわかりまへん。順序が違うていると思わんわけに行きまへん。もっとも、まろは樺太のことにすぐ掛れいうつもりはさらにありまへん。これとて相手はヨーロッパの列強にさえ恐れられているロシアいう大国どす。うっかりかかれる相手ではない。十分に力を養わなならん。せんじつめたところ、当分、わが国は内治専一に行くべきどす。民の智《ち》をひらき、文明の域に進め、国富み、兵強くなることどす。国の力が弱くては、正義の主張も通りまへん。外事は強くなってからのことどす」

ものやわらかな公家ことばだから、迫力にはとぼしいが、行きとどいた弁舌だ。征韓派の参議らは急には反駁《はんばく》出来ない。

板垣が立った。

「右府公は朝鮮より樺太が先きであると申されましたが、それは違いましょう。樺太のことは旧幕からの持越しで、急には埒《らち》のあくことではない。これはじっくりとかかるべきことで、急ぐことではない。露兵や露人のわが民への暴悪を云々《うんぬん》されましたが、これもある特定なる無頼《ぶらい》の兵、ある特定なる無頼の徒の所行で、いわば警察上の事件です。ロシア公使に告げ、彼《か》の国の官憲をして処理させれば済むことです。不祥事件ではあるが、国家の大事件とはいえません。しかし、朝鮮は国の方針として、我国に侮辱を加え、わが居留民を威迫しているのです。これを糺《ただ》さずして、国の体面がどこに立つのです」

板垣の駁論はつづく。

「岩倉公はロシアを恐れておいでのようであります。それ故、樺太問題も当分のところは棚上《たなあ》げにしたいと仰せられる。朝鮮のことについてもご反対であるのは、やはりロシアにたいする恐れからでありましょう。ロシアが強大、恐るべき国であることは、拙者らも同感であります。しかしながら、いくら強大でも出て来ないなら、恐れる必要はないのです。この点については、副島外務卿《がいむきょう》が十分に見きわめをつけておられます。ロシア公使も、わが国は朝鮮には目下何の利害関係はないからこれを助ける名義がないと言っており、その国内事情もそれを許さない由《よし》であります。くわしくは、外務卿からご説明がありましょう」

副島が立って、くわしく説明した。その論は中国にも及んだ。

非征韓派から声が絶えた。しかし、やがて大久保が立って発言をもとめた。西郷はそれまで瞑目《めいもく》の姿にかえっていたが、大久保の声が聞こえると、目をみひらき、その方を見た。からだも少しねじ向けたのであろう、椅子のきしる音がした。大久保はその方を見ない。ずっと向うの、窓のあたりに目を向けて、言う。

「拙者は、朝鮮のことは重大ではあるが、今暫《しばら》く時機を待つべきであると思います。すべて、ものは内に充《み》ちて外にのびるのが正当なる順序であります。とりわけ、今日の世界を眺《なが》めますに、列強覇《は》を競い、弱の肉は強の食となる、最も苛烈《かれつ》なる情勢であります。かかる時代には、弱小の国は一日も早く強くなることにつとむべきであると思うからであります。わが国は古い国ではありますが、新生して日浅い。申さば若木、申さば羽翼いまだそろわぬ雛鳥《ひなどり》であります。一切を棚上げにし、わき目もふらず内治を改良し、充実と強大につとむべきであると思うのであります」

大久保の雄弁は、若い頃から西郷の推称しておかなかったものだ。……

本郷和人が聴く

尾崎士郎「篝火」

うーん、良くも悪くも尖《とが》ったところのない朗読である。自作を読むなんてご免だとばかりに逃げていく遠藤周作のような、聞きづらさはない。といって吉村昭のような説得力もない。ごく普通に読む。文頭にアクセントをつけて、粘っこく読んでいることが特徴なのだろうか。

尾崎士郎といえば早稲田大学に入学した青成瓢吉《あおなりひょうきち》の青春とその後を描いた長編小説『人生劇場』が多くの読者を獲得した。この作品から生まれた佐藤惣之助《さとうそうのすけ》作詞、古賀政男《こがまさお》作曲の歌謡曲『人生劇場』は早大出身者に愛唱され、「第二の早大校歌」といわれた。だが、蛮カラ・苦学生という早稲田のイメージが今や全く通用しなくなったように、小説・歌ともに『人生劇場』に親しむ人の話はとんと聞かなくなった。

さて『篝火《かがりび》』である。朗読と同様、異様に粘りけのある文体（一文も段落も妙に長い）で書かれる本作をどう評したら良いのか。分からない。筆者は困り果て、藁《わら》にもすがる思いで大垣城を訪ねてみた。この城で子どもの甲冑《かっちゅう》に出会ったことが、作者に本作を構想せしめたという。

ならばそれを見たいと思った。ところが、天守閣（戦後に再建）で尋ねたところ、ありません、との答え。戦前に尾崎が見たものは、国宝だった旧天守閣や所蔵品台帳ごと戦災で焼けたようだ。貴重な手がかりはきれいさっぱり消えていた。

ともかく朗読にしろ本作にしろ、また『人生劇場』にしろ、格別な山場が見当たらぬまま、ひたすら重たく推移する。気のきいた場面転換や巧妙な伏線などはない。まさに一時代昔、昭和の味わいなのだ。テンポ良く進行し、手早く結論を提示する作品に慣れ親しんだ現代の私たちには、苦手な感が否めない。

いやしかし。考え直すべきかもしれぬ。時局の流れが早すぎる「いま」だからこそ、重さもまた必要だ。じっくり聞き、じっくり読む。熟考してこそ得られる結論だってある。拙速ばかりでは時にあやうい。尾崎を忘れてはもったいない。

尾崎士郎（一八九八－一九六四）『人生劇場』『成吉思汗』『篝火』

尾崎士郎「篝火」

『篝火』（筑摩書房）

　秀秋の来るまで首実検を休んで、家康はうしろの床几によりかかった。やがて赤緘の鎧を着た秀秋が黒田に付き添われて落ちつきのない姿を見せると、

『よう』

　と、家康は高く呼びかけ、兜の忍びの緒を解いて挨拶をしてから、

『もう来られるかと待ちこがれていたところじゃよ』

　どうなるかと案じぬいていた秀秋は、ほっとひと安心したものの、しかし、あまりにも不自然すぎる家康の応対にどうしていいかわからなくなったらしく、そのまま足元に両手をついて平身低頭した。『弱年の身にして戦機の動きを知らず内応のおくれ申したることは、まことに恥かしきかぎりに存じあげます』

『いや、いや、何を言われる、尊公の裏切りがなくば関東勢は袋の鼠となったかも知れぬ、――機を見ることの正しさは、さすがに亡き隆景公の御名跡を継がれるだけのことはあると感じ入りましたぞ』

　秀秋の胸の奥に淀んでいた処理のつかない感情は、これがためにいよいよやりきれないものに変ってきた。

『中納言へは思いがけぬ恩賞のお言葉にあずかり、それがしも嬉しく存じあげます』

　長政が横合から複雑な感情の動きをひそめた家康の微笑に答えた。『中納言は是非とも明日の佐和山攻撃に先手を承りたき所存のよし、――その志を御嘉納下さればそれがしも身にあまる面目《めんぼく》』

『御志は家康過分の至りに存ずる』

　これで秀秋は黒田に促されて、半ば侮辱されたような、面目を施したような気持で、家康の視線を避けるようにしてひきさがったが、つづいて、脇坂、朽木、赤座、小川の西軍諸将が型どおりの挨拶をしてかえっていった。それから再び首実検に移ろうとしたとき、『お側はなれず』（当時そういう名称があった）の侍臣、

岡江雪《おかこうせつ》が横合から口をはさんだ。

『まことに夜が明けたような気がいたします、――西軍内応の諸将の謁見も終ったのを機会に、今こそ全軍に凱歌を挙げさせられて然るべきものと心得ますが』

『待て、今日の勝利はすべて諸将の協力による、その諸将の家族の者どもが人質となって大坂、伏見にあるかぎりは、わが心も安らかではない、――必ず数日の後、大坂へ攻めのぼり、質をわが手にとりもどした上にて勝鬨の式を挙げることに致そう』

首はあとからあとからと持ち運ばれる。夜になって雨はあがったが、風が出て凄惨《せいさん》の気は高原にみち、左右から従卒のかかげる篝火の焔が音を立てて燃えあがる。家康はもう首を仔細《しさい》に見ようともしなかった。黒い影が流れるように彼の前へちかづいてきて、『舞兵庫殿』といって血の滴る首を台の上へ置いた。佐久間安政の家臣、中山大平であった。

『おお、舞兵庫の――?』

家康が従者のかかげる篝火を右手にうけとって兵庫の首に眼を移そうとしたとき、中山大平は兜をかぶったままの小さい首をもう一つ兵庫の首の横へ置いた。鍬型に金の兎をうった兜の、それも忍《しのび》の緒《お》で首の切口が、しっかりと結びつけてある。風に煽られた焔がゆらゆらと人形のような子供の顔を照らしだした。家康はびくっと眉を顫わせながら、

『何じゃよ、それは』

『兵庫殿の子息、三七郎に相違御座りませぬ』

『その方、斬ったのか?』

『どうしてこの私に』

中山大平は太い声で答えたと思うと、両手で虚空をつかむようにして泣きだした。『敵とは申せ、兵庫殿には格別の恩を受けた覚えも御座ります、――それが、笹尾峠の麓にて兵庫殿にバッタリ出会いましたが、乱軍の中にて、おお中山と呼びかけられ、敵を前にして怯《ひる》むな、わが首とって今日の手柄とせよと申されました』

『兵庫がのう』

『それも、もはや数ヵ所に傷を負われ、吐く息も苦しそうに見うけられましたが、左の脇にこの首を』

島田雅彦が聴く

辻井喬「わたつみ　敗戦五十年に」

昭和二（一九二七）年生まれの辻井喬《つじいたかし》は三島由紀夫とほぼ同世代で、高校生で敗戦を迎えており、戦争と占領のさなかで青春期を過ごしたため、かなり屈折した自我を抱え込んだ。戦後の焼跡《やけあと》は新しい政治、文化の揺籃《ゆりかご》だったが、辻井喬は自然と政治活動と文学に向かった。西武百貨店の経営者として頭角を現すのは高度成長期だが、焼跡で磨かれた左翼の知性を発揮し、池袋や渋谷の街を一変させた。

「わたつみ」は敗戦五十年にちなんで発表された詩であるが、辻井は「にんげんに本当の記憶はあるのだろうか」と問いかけ、人々が忘れまいとする、あるいは忘れようとする戦争の記憶という曖昧《あいまい》なものをしきりに何かに喩《たと》えようと手探りしている。

詩集のあとがきに辻井は自身のことを「すべての異議申し立てが虚《むな》しく響くような世の中」で「生き残ったことで死んだ男」という。そして、「詩は敗れたのだろうか。しかし、敗れなかった詩がいままであったのか。それに、敗れるとはどういうことなのだろう」と問いかける辻井は、戦後五十年の時間は戦争や復興、成長の意味を無惨《むざん》に変え、限りなく無意味なものにしてしまうことを痛感していただろう。それからさらに二十年経ち、平然と二度目の敗戦を目指しているかのようなこの国では施政者や経営者の虚言ばかりがまかり通っている。詩は、文学は、嬉々《きき》として、没落の道筋を辿《たど》る人々を引き止める力を依然、保っているか、いささか心もとないが、憂国を唱え、仮想の敵に向かって毒づくポピュリストたちの饒舌《じょうぜつ》よりは百倍ましである。

辻井の語り口は穏やかで、謙虚で若々しいその人柄にふさわしい声をしている。私はこの朗読を生で聞いていたし、生前、飲みに連れて行ってもらったりもした。人の心の闇や秘めたる欲望をさんざん見てきたはずなのに、常ににこやかで礼儀正しく、時々、しれっと誰もが知る権力者の裏の顔を暴いてくれたりした。生きていれば、今年（二〇一七年）で九十歳。生涯一度も老人になったことのない人だった。

辻井喬（一九二七－二〇一三）『風の生涯』『父の肖像』『終わりからの旅』

辻井喬「わたつみ――敗戦五十年に」

『わたつみ　三部作』（思潮社）

記憶をひとつひとつ取り出して
おもいおもいに羽撃かせることができるか
時間と共に重く沈んでゆく光景を
それは夏　これは一年前の冬と分類してみ
　ても
季節を刻む音は鎖を引き摺って歩く囚人の
　足音に似て
とおくへ不規則に転がっていき
わたつみは黙示録と呼ぶしかないが
神も慰藉もあってはいけない
雲はしきりに南へ流れ
悔恨は北の海の氷雨に途絶える

失われた記憶の底から
ゆるやかに見えてくる広い道は荒れていて
涸れた河床のように白く
暗い夜を貫いて下っている
それは死を約束されたたくさんのひとが
ある者はみずからの生命の燃え上りを信じ
　て
ある者は恐怖に打ち拉がれ諦めて
仲間を作ることなく流れていった道
その奥で栄えた町では
大人たちは商いと地位を購うのに忙しかっ
　たのだ
ちょうどいまと同じように大義もなく
その頃太陽も月も芝居の書き割りのようだ
　った
光もなく信じるに足りなかった

にんげんに本当の記憶はあるのだろうか
時と共に錆びることのない
あるいは涙や偽りの憤りに飾り立てられる
　ことのない
静かで犯すことができない
そんな記憶は可能なのだろうか
棚に置かれた籠のなかでは
平和に熟れた果実たちが
たがいに名前を呼びあっている
いつも確かめなければ不確かになってしま
　うから

これは私の光景
これはもう死んだ母と一緒に逃げた時に
死体がたくさん浮いていた川の土手に咲い
　ていた
あの黄色いたんぽぽだと主張しても
いなかったひとには分らない
それでも言わなければ生きていられないよ
　うな思い
そんな辛い日に生き残ったのは

平穏で幸せな毎日を送っている私だったの
　だろうか
もしそうだとすれば私は死んだのだ
まにあわず残ったことで

光の戯れのなかにしか生れないような
悲惨なだけ輝かしい
あの光景とはなんだったのか
あるいは記憶は
帰ることを諦めた兵士の胸のなかを飛ぶ
渡り鳥にたとえることができるかもしれな
　い
やがて降って来る故郷とは違う降り方の雨
　に
街灯の支柱から雫が滴っていたのを思い出
　し
鼠色に光るマングローブの汀の陰から
セイレーンが慰めあおうと声を掛ける
崩れはじめた体験の情景さえ懐かしく想起
　される
幻想に近いものなのだろうか

記憶に生きているというのは嘘だ
その時の愛するひとの顔に現れた心の動き
　が
決して消えないと言い張れるような
そんな思い出があるとしたら
それはあまりにも烈しい光だから
にんげんは忘れたいと思うのだ
だから死者は口を噤んで語る
浜木綿は海からの強い風のなかで赤い花を
　つけ
荒地野菊は崖の中腹で波濤に揺れる

たとえ敗れた戦《たたかい》であっても
いや　敗れた戦だったからこそ
流れた血はいつまでも鮮やかなのだ
それは決して果実を生まない
栄える町とはいつまで経っても混ざらない
　から
耳を傾ければ
ずっと涯の土地で記憶が滴っている音が聞
　える
海がすこしずつ落ちてゆくのだろうか
それとも光がこぼれているのか
逃げてゆく記憶に向って
もう五十年が経ったのだから
過ぎ去るものは漏刻の響にまかせる方がい
　い
無理に引きとめようとはせずに
いずれそのなかに私も入っていく
その日のために

記憶はどこまでいってもそのひとだけのも
　の
名前のない鳥が　せめて高く啼いて飛び立
　つ日
わたつみの空は晴れているだろうか

山下澄人が聴く
三島由紀夫「旅の絵本」

朗読の音源を再生しようと「▲」のマークをさわると突然奇妙な叫び声が聞こえて間違えたのかとあわてて消した。

聞き直して叫び声は剣道の気合だとわかった。剣道はどうしてああした声を出すのだろう。新撰組の局長だった近藤勇は斬り合いするときあまりに大きな声で気合を入れるから相手はその声に驚いてその隙に斬られた、味方はその声に励まされた、という話を何かで昔読んだ。たとえばそういうことなのか。

三島由紀夫の声がぼくには大人の声に聞こえない。

育ちの良い、とても成績の良い、まわりが馬鹿に思えて仕方のない、大人には何かと気に障る生意気な、しかし小さな頃はとてもおとなしい、からだの弱い、そんな少年が虚勢を張りながら出す声に聞こえる。

三島由紀夫は「美」や「愛」について語っている。「あなたにとっての美とは」「愛とは」とつまらない質問をされてのことだ。そこで三島由紀夫はあきらかにうんざりしている。散々同じような質問をされたのだとわかる。質問者の多くはほんとうにぐったりするほど同じ質問を繰り返す。たいして知りたくもないのに質問をする。しかしそれでも三島由紀夫は、つまらないことを聞くなとはいわずに、うまくはもう伝わらないとほとんどあきらめながら、真摯《しんし》に、つまらない質問に、つまらないこたえをこたえようとする。

割腹自殺をするどれぐらい前の録音なのか知らない。しかしいずれこの声の持ち主は割腹自殺をすると聞いているぼくは知っている。介錯《かいしゃく》されて声の出どころは切断された。録音されたときには起きてもいないことを何十年か後に生きるぼくがつなげてあれこれ書いても仕方がない。それでも録音されたうんざりをまとわせた生の音がそのことを思い起こさせる。

三島由紀夫(一九二五－一九七〇)『仮面の告白』『潮騒』『金閣寺』

三島由紀夫「旅の絵本」

「旅の絵本」所収『三島由紀夫のエッセイ(3)　外遊日記』(ちくま文庫)

1　禿鷹の影

熱帯と死の情緒とは、私のいつに渝らぬ主題であるけれど、どうしてこの二つが緊密に私の中で結びついてしまつたのかわからない。ハイチで病んでゐたときも、メキシコのユカタン半島で病んでゐたときも、私をたえずこの二つのものの結びつきが魅してゐた。ユカタン平原の密林の只中にそびえ立つマヤ廢墟を訪れて、トルテックの「死の神殿《ツオムパントリ》」が、壓へつけるやうなすさまじい夏の日光の下に草蒸してゐるのを見たとき、私はこのやうな夏のさかりにこれを見たことに喜びを感じた。その神殿の基部は、死と病と禿鷹の浮彫にかこまれてゐた。手にした矢も重たげに病氣にやつれ果てた戰士の浮彫。痩せおとろへて瞑目した自分の首を、片手に下げた戰士の浮彫。……これら死と病と荒廢の記念碑は、さかんな草いきれの中に白く浮んでゐた。ここには何か非常に私に親しい思想が隠れてゐると私は感じた。

熱帯における死がどんなものであるか私にはおぼろげにわかるやうな氣がする。元氣なとき、ハイチの首府ポートオ・プランスの風光は私を喜ばせてゐた。しかし一度病んで身を動かすのも物憂くなると、リヴィエラ・ホテルのあらゆるたぐひの熱帯植物が繁茂してゐる庭の眺めに嘔吐を催した。それらは巨大な、なまなましい光澤を放つた葉や花で、丁度われわれの菜園の草や野菜を擴大鏡で數十倍にして眺めたやうな、悪夢的な規模を以てぎつしり繁つてゐた。てりかがやく異様な闊い葉の下を、緑いろの蜥蜴がときどき走つた。プールのほとりでは、放飼の巨大な鸚鵡が、燦爛たる翼をひろげて、醜いかすれた聲で啼き交はしてゐた。

そのとき私はこれら植物や動物の、旺んないやらしい自然の生命力に壓倒されかかつてゐる自分を感じた。もし私がそこで死ぬとしても、死ぬときも多分同じことにちがひない。それは死に押し倒されると感じることではなくて、無意味な過度のいやらしい生命力に押し倒されると感じることにちがひない。北方の崇高な瞑想的な神々とはことかはり、これら熱帯の國々を支配するいやらしい神々に。

……さうだ。マヤの死の神はたえず餓ゑてゐて、がつがつと餌を求めてゐる。ここでは人が死ぬといふことは、自然が自然に喰はれ、生命が生命に喰はれることであり、たとへ自然死であつても、それは何か蜘蛛に喰はれるのと似てゐる。かうして半ば文明生活に護られてゐながら、どこかに自分を打ち倒すいやらしい生々しい生命の存在を豫感してゐるのは、私だけだらうか。

いや、私だけではない。コミュニストたちは革命の名の下に、砂塵をあげて攻め寄せてくるより強大な生命を描いてみせながら、思ふ存分、今なほ衰へぬからした傳來的恐怖を利用する。メキシコの左翼畫家リヴェラが描く威嚇するやうな勞働者群は、人間的規模を越えて、熱帯のあくどい壓倒的自然に近づいてゐる。

しかし自分の内側の生を信じ、それに賭け、それと共に生き、あるひは、それから巨大な抽象的體系を抽出してそれにすがつて生きると謂つた北方の閉鎖的な生き方に比べて、いつも内在的な生を忘れるか默殺するかしながら、外在的な生を豫感して生きるといふことは衰退だらうか。さうだとすれば、熱帯そのものが巨きな衰退なのであらうか。

さうではない。熱帯の人々の生き方には、その外在的なより強力な生の模倣がひそんでゐる。われわれは巨大なてらてらと光つた植物や、鸚鵡や豹の生命を模倣しようとする。それに參畫しようとする。……これが生きるといふことであり、これが不可能になつたときそれは死であり、模倣の代りに喰べられ同化されてしまふことなのである。

チチェン・イッツァのマヤランド・ロッヂ・ホテルの二階の柱廊から、私は鬱蒼と茂つた熱帯樹の葉むらのかげに、うす紫の寄生蘭が花咲いてゐるのを見た。と、突然、その蘭の花瓣をかすめて、數羽のたけだけしい羽音が起り、黒い影が目の前をかきみだして翔《た》つた。それは禿鷹だつた。

江國香織が聴く

高橋たか子「きれいな人」

親交のあるフランス人女性（名前はシモーヌ）の百歳の誕生日パーティに招かれて、語り手である七十歳前後の日本人女性が、日本からフランスにでかけて行く。パーティの席上で、招待客に詩集が配られる。シモーヌが若いころから書きためてきたたくさんの詩のなかから、孫娘が選んでまとめた記念の詩集で、主人公は滞在中にすこしずつ読むのだが、それらの詩が、この小説の重要な一部になっている。とはいえ、「きれいな人」というこのユニークかつ自由な構造を持つ小説のほとんどは、シモーヌでも主人公でもないフランス人女性（名前はイヴォンヌ）の記憶と語りでできている（！）。語られるのは、ほとんど百年近くにわたって彼女が愛してきた一人の男性のことだ。

高橋たか子の朗読は、小説の終盤、滞在を終えた女性主人公が、シモーヌの詩を幾つか読んでから屋敷を辞去する場面。だから詩と小説の両方の朗読が聞ける。

エアリーというか、透明な空気感のある朗読である。かぼそいのに芯の通った声で、「ふしぎ、ふしぎ、この、わたし」と、老境のシモーヌが書いたことになっている詩の一節を読まれると、どこか遠くに心をさらわれそうになる。遠くというのが百年前のフランスなのか、もっとべつな、この世ならざる場所なのか、わからなくなる。

詩から地の文への移行のしかたも〝ふしぎ〟な具合に自然で、聞き手は、気がつけば屋敷の玄関前にふわりと着地して、別れの場面を目撃し、彼らの挨拶《あいさつ》の言葉などを聞いている。

たんたんとした朗読は、特別上手《うま》いわけではないのだが、「思い出に保険を？」と「思い出に保険を！」の「？」と「！」をきちんと読み分ける、静かで丁寧な読みぶりは耳に心地よく、著者の声が、登場人物みんなの声を含んだ、小説そのものの声であるように感じられる。

高橋たか子（一九三二－二〇一三）『ロンリー・ウーマン』『怒りの子』『きれいな人』

高橋たか子「きれいな人」

（一九七五年）

『きれいな人』（講談社文庫）

思い出に保険を？

長く長く、生きてきた、と
四十歳の頃に思っていたわたし
五十歳の頃にも、思っていたっけ
六十歳の頃、何かちょっと違ってきた

何が違ってきたのかって？
今になってわかってくる
七十を過ぎてもいっこうに死なず
この年にまでなったわたしには

あ、と、一瞬の生だった
そんな気分が始まっている
長く長く生きてきたはずなのに
一瞬にみえ始める、わたしの生

思い出に保険をかけておかなくっちゃ
でも、もう遅すぎる
生命保険だって、そうなのだから
いのちが帰ってくるわけではない

日記をつけておけばよかったのか
そう、それを読み返す時に
いのちが仄めき立つだろう
ありあり人や物が見えてくるだろう

それはそうだろうが
一夜の夢のごときものだろう
蘇えり、そして忽ち消えていく
二度目に読む時は、燃え屑のよう

思い出に保険を！
誰か、思い出を返えしてください
あの一年一年の、一日一日の
びっしり詰まっていたはずの生

そう、そう、と私は頷いていた。

あのブルターニュの漁港を出て以来のことをミッシェルがあんなにくわしく思い出して語ったのも、イヴォンヌという熱心な聴き手が思い出を誘いだしたからだろう。そうして、ひととき蘇えったたくさんの細部は、たちまちミッシェルの内部の深みへ消えていったことだろう。思い出に執着しないことが観想修道生活における一つの戒めであるのだから、なおさら。他方、そんな戒めを生きているわけではないイヴォンヌは、繰りかえし繰りかえし人々に喋ることで、思い出の保管者になっているのだろう。シモーヌ夫人が言ったとかいう、古代の口伝者のような者になっているのだろう。そんな高齢の人は地方では珍らしくはないのだから。


こんな思いとともに、私は旅行カバンを足もとに置いて、ヴィトラック家の別荘の玄関前に立って車を待っていた。

ナタリーが出てきて、遠縁の若い男は別な用事で来られないことになったので、ジャック神父がＴＧＶの駅の方向へ行くついでがあって、まもなく車でやってくる、と私に伝えた。

私はナタリーと並らんで立ち、この十日あまりの滞在が私には得がたいものであった、と言い、なぜ得がたいものであったかを言い表わすすべはないまま、ただただ感謝の気持を伝えた。九時半きっちりにジャック神父の車が着き、降り立った神父と私とが挨拶を交わしていると、台所の外側をまわってイヴォンヌの押すシモーヌ夫人の車椅子がゆるゆる近づいてき、使用人の女性も現われた。みんな一人一人に私は感謝を言った。

朝吹真理子が聴く

安東次男「ある静物」「死者の書」

私は、安東次男《あんどうつぐお》のファンである。会ったことはない。でも、彼が遺《のこ》した作品への敬意と親しさをこめて、あんつぐ、と彼のことを呼んでいる。

はじめて読んだのは『芭蕉七部集評釈』だった。評釈書だけれどこれは安東次男の詩そのものである。松尾芭蕉に惹《ひ》かれて『俳諧七部集』を読みはじめたけれど、芭蕉の連句がちっともわからない。そのとき標《しるべ》として傍らに置いていたのが、幸田露伴と安東次男の評釈書だった。安東は言葉の自律性をつきつめた人だと思う。詩というのは、作者からも時間からも完全に切り離されて、ただ言葉だけがあることなのだと知った。

安東次男の『CALENDRIER』という美しい詩集がある。タイトルの通り、一月ずつ、十二篇の詩で構成されている。

冬になつてつやつやと脂のよくのつた毛なみをしその下に充分ばねのきいた皮膚を持つ獣たちがいるかれらの皮膚が終つたところから毛が始まるといつたらこれは奇妙なことになるにち

がいないしかしまさしく目の終つたところから視線は始まるのだそして視線の終つたところからはなにもはじまりはしない（「氷柱　プロローグにかえて」『CALENDRIER』）

安東次男のすべての詩は「視線の終つたところから」はじまっている。

十二月の詩である「ある静物」を安東は朗読する。みることと読むことは同一であると実感する一篇で、言語が絵になっている。音として発声されると、絵だったはずの言葉が解体されてゆき、全く違う詩を耳にしているようだった。

広島の原爆への深い鎮魂をこめた「死者の書」も、感情を昂《たか》ぶらせて書いた詩ではない。朗読する安東の少しかすれた声。死者、ものの気配、そうした、語り得ぬものにむかっていた。それは、海軍主計大尉として駆逐艦に乗っていたことが関係しているのかもしれない。安東の詩句はいつまでも語り得ぬものを語るのだ。

安東次男（一九一九－二〇〇二）『CALENDRIER』『澱河歌の周辺』『芭蕉七部集評釈』

安東次男「ある静物」「死者の書」

『現代詩文庫　36　安東次男詩集』（思潮社）

ある静物

昔聞洞庭水今上岳陽楼　（杜甫）

頭はすこしばかり遅すぎた季節の（それともすこしばかり早すぎた季節の）果物だわずかばかりの期待の温度と垂直に降る季節の中で水平に流れる樋の中の少量の雨水とがあれば熟することもできるのだがそれも今ではどうやら手遅れに思える果物は一本の古縄の先で途方もない垂直の成熟をゆめみるかあるいはそれとも粗末な食卓の上で横になりながら猶も自分のうちの何物かを横たえたいとつまりこんりんざい水平になりたいという芯の渇きに皮膜をつくる微かな皺を責めさいなむしかないすぐそこに来ているじぶんに似た物象《もの》の強烈な新鮮さに撃たれながらも猶それは本当の果物ではない熟れることができるためには nature morte　つまり　死んだ自然　でなければならないと頑固に信じてやめないこんな果物の一つを慌しい歳晩の雑沓の中に認めたときひとは　あの男は死んでいる　と云う。

死者の書

一九四五年八月六日午前九時十五分、広島に投ぜられた人類最初の原子爆弾は御影石の上に、一人の坐して憩う人の影を永久に灼きつけた。

薔薇いろの鉱石質の陽がはいまわる。
いま地上には、
下界をおおいつくそうとする灰色の湿地がはびこる。
それはおれたちのえいえいとしたいとなみの何億倍かの速度で殖える。
しかし、ああ、おれたちがその不毛の影を消す悲願を持ちはじめてから久しい。

おれたちはあの日以来二本の足で歩きまわることをやめた。
さればといつて手の長さと脚の長さのちがつてしまつた
　おれたちは、
もう四足で歩くことは永久に御免だ。
おれたちは二本の手を
それが最大の忍従のように、ぺつたりと前へ突き、
嬉しそうに膝ではいずりまわる。
巨大な暗紫色の茸雲《きのこ》を
あの日薔薇いろの鉱石質の空に見てから、
おれたちの腹は孕女のそれのようにふくれかえり、
臍からじゆくじゆくと油を垂らす。
その量がやれ多いの少いのと騒々しいこと。
ひとの拭いたところをまた汚したといつて喧嘩すること。
それがおかしいといつて
あばら骨がすいて見えるほど苦しげに笑いこけること。
もうおれたちは恥部なぞかくす必要はない。
それにかかずらわつている余裕もない。
おれたちの頭痛の種は
いまこの始末のわるいふくれかえつた暗赤色の臍をどう
　始末するかだ。
臍に
目ができ、
鼻ができ、
ひよろひよろとおかぼのような生毛が
そのつるつるてんの頭のうえにそよいでいるかどうか
丹念にそいつをひつくりかえしてしらべる朝が
おれたちの一日の日課のなかでもつともげんしゆくな刻
だ。
だからおれたちは
薔薇いろの鉱石質の陽のなかを
嬉しそうに膝ではいずりまわるしかない。
おれたちが地上にひろごるおのれの影を消しはじめてか
　ら久しい。
おれたちが発つてきた暗黒の故里を忘れはじめてから、
　既に久しい。

堀江敏幸が聴く
北杜夫「白きたおやかな峰」

一九五八年秋から翌年春にかけて、北杜夫は漁業調査船に船医として乗り込み、インド洋から欧州までの航海を体験した。帰国後に発表した『どくとるマンボウ航海記』は、ほどよい自虐をまじえたユーモラスな語り口によって多くの読者を獲得したが、「どくとる」にはもうひとつ、硬派な一面があった。それを確認するには、ナチスの医療行為を扱った『夜と霧の隅で』や、父親である斎藤茂吉を軸に一族の歴史を描いた『楡家《にれけ》の人びと』を挙げれば十分だろう。

ふたつの顔を持ったまま、彼は一九六五年、あらたに「ドクター」となって、パキスタンはカラコルム山脈ディラン峰登頂を目指す登山隊に参加し、その記録を『白きたおやかな峰』に昇華させた。「白き」と書くなら「たおやかなる」、「たおやかな」としたければ「白い」とするべき措辞が混じり合ったこのタイトルは、「どくとる」と「ドクター」を併せ持つ語り手の立ち位置を代弁している。

高校時代の先輩にあたる隊長にくどき落とされて承諾したものの、ドクターは登山家でもなく、医者といっても精神科医だから、応急の外科手術もおぼつかない。さらに本業は作家というあやしげな存在だ。それが、当事者でありながら当事者でないような語りの距離感を小説に与えている。「自然が太古から一鑿《ひとのみ》々々彫り刻んできたこの壮麗な記念碑を、一体どう表わしたらよいのか」。そう自問しながら華麗な描写を繰り返すのだが、淡々と進む物語が一挙に動き出すのは、もう九割五分を過ぎたあたりのことである。

著者が朗読に選んだのも、終幕近くにあらわれる叙事詩のような箇所だった。行文の気高さと鈍さの残る抑揚がどうにも釣り合わないけれど、いつ雪庇《せっぴ》を踏んで滑落してもおかしくない危うささえも平坦《へいたん》にならしてしまう「たおやかな」声は、北杜夫の文学そのものである。

北杜夫（一九二七－二〇一一）『どくとるマンボウ航海記』『楡家の人びと』『白きたおやかな峰』

北杜夫「白きたおやかな峰」

体制はほぼ整った。あとは天候その他の外的条件の運が大きい。そして隊長の判断力と賭だ。

おれは彼らをきっと登らせてみせる、と隊長はもう一度強く胸に呟いた。一人の事故もなく、指一本の凍傷もなく、登頂に成功させねばならぬ。そのためにおれはここにきているのだから……。

そこは丸い雪の丘であった。下方に、雪が溶けて青みがかった池をなしている部分がある。あとは白一色の、清浄で無垢の世界であった。ベース・キャンプの暑熱も蠅の群も、とうに背後に去っていた。

そして、彼方には、雲に隠れた彼らの目標であるディランの裾だけがぼんやりと見えた。

登るに足る山だ。おそろしく広大な雪と氷の土地だ。そして山にのみあるひややかなこの清澄な大気。

さきほどからときに念頭に去来した会社のことは遠く去り、いま隊長はすがすがしい気分で一杯となっていた。

隊長は口の中で低く、呟くように口ずさんだ。彼の好きなロジェ・デュブラの詩。デュブラはこの作を残してほどなく山で死んだという。その詩を簡略化して、このような哀愁ある節をつけたのは誰であったか。

いつか或る日　山で死んだら
古い山の友よ　伝えてくれ

母親には　安らかだったと
父親には　男らしく死んだと

伝えてくれ　いとしい妻に
おれが帰らなくとも　生きてゆけと

隊長は、自分が若く、まるで二十歳のころのように

『白きたおやかな峰』（河出文庫）

感傷的になったような気がした。腰につけたザイルの感触が、まるでかつてそれをはじめてつけたときのように新鮮であった。

　彼は口ずさみつづけた。

　　息子たちに　おれの踏跡が
　　ふるさとの岩山に　残っていると
　　友よ山に　小さなケルンを
　　　積んで墓にしてくれ　ピッケル立てて

（中略）

七二〇〇メートルの高所では立てつづけに烈風が二人を襲っていた。二人はまたツェルトをかぶった。と、暴威をふるっていた風が遠のき、騒がしく兇暴だった大気のひしめきがひたとやんだ。

　そして、上方で激しく雲が流動してゆくようであった。あれほどぶ厚く視界を遮っていたガスが、しきりと流れ、ところどころ薄れてゆき、ついにぼんやりと山頂が垣間見えた。それはすぐ頭上に、夢幻のように、のしかかるように現れた。おそらく標高差、わずか七、八十メートルなのではあるまいか。

　しかも、そのまろやかな山頂、その右端がきらりと輝いた。純白なうえにも眩ゆく、玲瓏と輝いた。濁った乳白色のガスの中で、極端に精神を刺戟するきらめきであった。雪眼鏡を外していた増田の目に、それは信じられぬ有り得べくもない光輝とまで映った。あそこには日が照っているのだ。あそこが何年越しの彼らの憧れの地、ここ何十日かの苦闘のあげくの目標なのだ。

　これは晴れるかも知れんぞ、と彼はうつろに考えた。すると、それまでなにかけだるい麻痺の中に置きざりにされていた闘志が、むらむらと湧き起ってきた。彼本来の、多分に無鉄砲な闘志が。

「田代」

　と、彼は嗄れた声で言った。

「おまえ、ここで一時間待っていろ。おれは行ってくる」

　有体にいえば、このとき増田の判断力の一部は大きく欠損していた。丸一日の七千メートルの高度の影響が彼の精神をぼやけさせたのだ。

本郷和人が聴く

辻邦生「安土往還記」

夏の一夜、城下の人々は大殿《シニョーレ》の命により、すべての灯《あか》りを消し、息を潜めていた。やがて烽火《のろし》が上がると、一斉に火が掲げられ、城郭の全貌《ぜんぼう》が照らし出された。同時に黒装束の騎馬武者たちがたいまつを点《とも》し、竜がうねるように宣教師館へと走り寄る。その中には、日本を離れる巡察使ヴァリニャーノに別れを告げる、大殿自身の姿があった。

暗闇の漆黒と瞬時に燃え上がる炎の赤。あたかも戦国の世を象徴するかのような鮮烈なコントラストの中を疾走する大殿と、己の前半生を厳しく否定し続けることによって前に進もうとする宗教者ヴァリニャーノ。そしてこの場面こそを本作の精髄として撰《えら》びだし、静かに、しかし深く朗読する小説家。なんと美しいトライアングルなのだろう。私はしばし言葉を失った。

小説家が解釈する大殿は、明確な秩序が失われた殺伐たる乱世にあって、合理主義の権化であった。理にかなった考察と行動をひたすら追い求め、一つの目的を成就するためには自身の欲望や哀憐《あいれん》などの恣意《しい》の情を容赦なく切りすて、激しく燃焼して生を紡ぐ人であった。周囲は彼を理解できなかった。だから万里の波濤《はとう》を越えてやって来たヴァリニャーノの内に己と同じ孤独な魂を感得したとき、大殿はこの宗教者にたぐいまれなる友情を覚えたのだ。

人々に憎悪され、恐れられても、大殿は怯《ひる》まない。ただ前へとひたむきに駆けてゆく。小説家・辻邦生《つじくにお》が造形する彼の生き様は、歴史的存在として結実すると同時に、現代人に苛烈《かれつ》な問いを投げかける。神のいない世に、あなたはいかなる精神を以《もっ》て生きるのか、と。小説家の朗読の声を聞きながら彼のその企《たくら》みに思いを馳《は》せ、歴史研究者たる私は歯がみをした。時を軸として人間を掘り下げる。かくもみごとな業は、私たちの到底及ぶところではない。

大殿《シニョーレ》の名は信長。安土城を築き、戦国に終止符をうった、織田信長である。


辻邦生（一九二五－一九九九）『安土往還記』『背教者ユリアヌス』『西行花伝』

辻邦生「安《あ》土《づち》往還記」

『安土往還記』（新潮文庫）

ながい、明るい、華やかな夏の夕焼けが安土山の向うに消えてゆくと、やがて湖のほうから濃い、輝くような宵闇《よいやみ》が安土の町々のあいだを這《は》って流れはじめた。しかし大殿《シニョーレ》からの命令で、夜になっても、蠟燭《ろうそく》一本、燭台《しょくだい》一つともしてもならないことになっていた。突然訪れた濃い闇のなかを、ことさら明るい螢《ほたる》の群が、青白い光を冷たく明滅させて湖のほうへ急いでいた。

　どの町角でも、どの戸口でも、人々は息をのんで、じっと待ちつづけた。闇のなかで人々はひっそり囁《ささや》きかわしていた。何が起るかを知っている人間は、安土の町には一人もいなかったのである。

　どのくらいの時間がたったであろうか。私たちが宣教師館の二階の露台に待ちくたびれたころ、突然、安土山のうえに、一すじののろしが赤くするするとのぼり、闇のなかで乾《かわ》いた鋭い音をたてて爆《は》ぜ、湖の遠くへ反響した。と、それを合図に、突如として、暗闇のなかから、安土城廓《カステルロ》の全貌《ぜんぼう》が火に照らされて浮びあがったのである。私たちは思わず息をのんだ。何百、何千という篝火《かがりび》に、いっせいに火が入り、それが一挙に燃えあがって、安土山を赤々と照らしだしたのだった。七層の高楼にはその一層ごとの屋根の形に提灯が並び、それがくっきりと夜空に城の形をえがきだした。

　町角という町角から人々のどよめきが起り、安土山にむかって駆けてゆく群衆の波が暗闇のなかに感じられた。と、思う間もなく、城門の一角に輝きだしたたいまつの火が、あたかも火縄《ひなわ》を伝わって走る焔《ほのお》のように、城門から宣教師館に到《いた》る道すじの形のままに、次々に燃えあがった。その火の列の先端は、みるみる私たちの立っている宣教師館へと近づいてきて、あっという間に、昼のような明るさになった。そのあかりでよく見ると、道の両側には、黒装束の男がずらりと並んで、燃えさかるたいまつをかかげているのであった。

しばらくすると、その焔のなかを、黒装束に同じようにたいまつをかざした騎馬武士の群が、ひとつづきの火の河のように、城門から溢《あふ》れだし、宣教師館にむかって疾走し、宣教師館の門前までくると、突然火を消して、闇のなかへ溶けてゆくように次々に姿を消し、そのようにして溢れてくる火の流れは小半時もつづいた。

私たちは呆然《ぼうぜん》として火竜のうねりに似たその火の河を見ているうち、一段と明るい焔の群が、宣教師館に近づいてきた。それは矢のような早さで、城門からの火の道を走りぬけると、宣教師館の門前にぴったりと止まった。

私たちは思わず自分の眼を疑った。その光のなかには、同じ黒装束の大殿《シニヨーレ》が馬上から、たいまつを高々とかかげヴァリニャーノにむかって挨拶《あいさつ》を送っているのであった……。

私はいまでもヴァリニャーノを送って安土から十数レグワの湖畔の旅籠町《はたごまち》へいった日のことを思いだす。オルガンティノの留守のあいだ、セミナリオの事務を代行することになっていた私は、そこから一行に別れて、その夜のうちに安土まで戻ることにしていた。

ヴァリニャーノは私の手を固く握り、この王国のすばらしい滞在は終生忘れえないだろう、と言った。そしてさらに、自分にはまだやるべきことが多く残っており、このまま帰ってしまうわけにはゆかぬ。ぜひ再会の機会をもちたいものである、と言った。

彼らは二十人あまりの信徒に囲まれて、遠ざかっていった。ちょうど赤々と燃える夏の夕焼けが淡水の湖のうえに拡がって、金色の雲が炎のように光っていた。ヴァリニャーノの姿は、その夕焼けのなかに小さい点となって消えていった。私は彼らの姿が地の涯《はて》に見えなくなり、夕焼けが褪《あ》せて、暮色が田や林や街道を包むまで、そこに立ちつくした。

私はヴァリニャーノが立ち去るとともに、彼とともにやってきた華やかなものも、同時に過ぎさっていったような気がした。私が授業をおえて湖畔までの散歩を試みるようなとき、夏の祭典のあとのひっそりした気分が町にあった。…

島田雅彦が聴く
川端康成「雪国」

日本の鉄道はトンネルの数が極めて多く、しかも長いものが多い。トンネルをくぐるたびに『雪国』の冒頭のフレーズを思い出しながら、抜けた先に出現する別世界に誘われる。鉄道もトンネルもなかった時代は歩いて峠越えをしていたことを思えば、ほとんどワープする感覚である。

雪国の風景、人、暮らしは、ほとんど固有名詞が出てこない抽象的な描写に終始している。旅人の島村は映画のカメラとなり切っており、そのレンズに映る印象が淡々と連結されてゆく。芸者の駒子との他愛《たわい》もない会話が随所にちりばめられているが、二人の情が交錯することはなく、小説は島村の随想的なモノローグで進行する。ところで、川端が京都祇園で遊んだ時の有名なエピソードがある。座敷に舞妓《まいこ》たちを並べて、何をするかと思えば、一人一人順番に面と向かい合い、あの爬虫類《はちゅう》的な眼差《まなざ》しでその姿を凝視していたのだそうだ。中には緊張に堪えかねて泣き出す舞妓もいたと聞く。本作の旅人島村には、芸者の姿のみならず心の内まで酷薄に映し出す鏡になり切ろうとした川端自身の反映がある。

それまでインテリ男子向けだった文学の裾野が女性や子どもに広がりつつあった大正期から「新感覚派」の作家として活動を始めた川端は、モダニズムの薫陶を受けつつ、自らの作品を新たな読者層である女性たちを映す鏡にしようとしていた。竹久夢二が同時代の女子の肖像を描き、人気を博したように。短歌のように心象風景を映しとる川端の描写は映画的でもあり、小説を場面ごとに分割し、ナンバーを振れば、そのままシナリオとして使えそうだ。大正モダニズムには映画の台頭に文学がどう対処するかの問題も含まれており、川端はそれに対する答えを模索していたふしがある。さて、朗読はというと、やや甲高い老人声にはテキストには現れない関西弁の訛《なま》りが入っていて、この人は紛れもなく大阪の人だったことを再確認できる。

川端康成(一八九九－一九七二)『伊豆の踊子』『雪国』『古都』

川端康成「雪国」

『雪国』（筑摩書房）

…彼は驚いて声をあげそうになった。しかしそれは彼が心を遠くへやっていたからのことで、気がついてみればなんでもない、向側の座席の女が写ったのだった。外は夕闇がおりているし、汽車のなかは明りがついている。それで窓ガラスが鏡になる。けれども、スチイムの温《ぬく》みでガラスがすっかり水蒸気に濡れているから、指で拭《ふ》くまでその鏡はなかったのだった。

娘の片眼だけは反《かえ》って異様に美しかったものの、島村は顔を窓に寄せると、夕景色見たさという風な旅愁顔を俄《にわか》づくりして、掌《てのひら》でガラスをこすった。

娘は胸をこころもち傾けて、前に横たわった男を一心に見下していた。肩に力が入っているところから、少しいかつい眼も瞬《また》きさえしないほどの真剣さのしるしだと知れた。男は窓の方を枕《まくら》にして、娘の横へ折り曲げた足をあげていた。三等車である。島村の真横ではなく、一つ前の向側の座席だったから、横寝している男の顔は耳のあたりまでしか鏡に写らなかった。

娘は島村とちょうど斜めに向い合っていることになるので、じかにだって見られるのだが、彼女等《ら》が汽車に乗り込んだ時、なにか涼しく刺すような娘の美しさに驚いて目を伏せる途端、娘の手を固くつかんだ男の青黄色い手が見えたものだから、島村は二度とそっちを向いては悪いような気がしていたのだった。

鏡の中の男の顔色は、ただもう娘の胸のあたりを見ているゆえに安らかだという風に落ちついていた。弱い体力が弱いながらに甘い調和を漂わせていた。襟巻を枕に敷き、それを鼻の下にひっかけて口をぴったり覆《おお》い、それからまた上になった頰を包んで、一種の頰かむりのような工合《ぐあい》だが、ゆるんで来たり、鼻にかぶさって来たりする。男が目を動かすか動かさぬうちに、娘はやさしい手つきで直してやっていた。見ている島村がいら立って来るほど幾度もその同じことを、二人は無心に繰り返していた。また、男の足をつつんだ外套の裾が時々開いて垂れ下る。それも娘は直《す》ぐ気がついて直してやっていた。これらがまことに自然であった。このようにして距離というものを忘れながら、二人は果しなく遠くへ行くものの姿のように思われたほどだった。それゆえ島村は悲しみを見ているというつらさはなくて、夢のからくりを眺めているような思いだった。不思議な鏡のなかのことだったからでもあろう。

鏡の底には夕景色が流れていて、つまり写るものと写す鏡とが、映画の二重写しのように動くのだった。登場人物と背景とはなんのかかわりもないのだった。しかも人物は透明のはかなさで、風景は夕闇のおぼろな流れで、その二つが融《と》け合いながらこの世ならぬ象徴の世界を描いていた。殊《こと》に娘の顔のただなかに野山のともし火がともった時には、島村はなんともいえぬ美しさに胸が顫《ふる》えたほどだった。

遥《はる》かの山の空はまだ夕焼の名残《なごり》の色がほのかだったから、窓ガラス越しに見る風景は遠くの方までものの形が消えてはいなかった。しかし色はもう失われてしまっていて、どこまで行っても平凡な野山の姿が尚更《なおさら》平凡に見え、なにものも際立《きわだ》って注意を惹《ひ》きようがないゆえに、反ってなにかぼうっと大きい感情の流れであった。無論それは娘の顔をそのなかに浮べていたからである。窓の鏡に写る娘の輪郭のまわりを絶えず夕景色が動いているので、娘の顔も透明のように感じられた。しかしほんとうに透明かどうかは、顔の裏を流れてやまぬ夕景色が顔の表を通るかのように錯覚されて、見極める時がつかめないのだった。

汽車のなかもさほど明るくはないし、ほんとうの鏡のように強くはなかった。反射がなかった。だから、島村は見入っているうちに、鏡のあることをだんだん忘れてしまって、夕景色の流れのなかに娘が浮んでいるように思われて来た。

そういう時、彼女の顔のなかにともし火がともったのだった。この鏡の映像は窓の外のともし火を消す強さはなかった。ともし火も映像を消しはしなかった。そうしてともし火は彼女の顔のなかを流れて通るのだった。しかし彼女の顔を光り輝かせるようなことはしなかった。冷たく遠い光であった。小さい瞳《ひとみ》のまわりをぽうっと明るくしながら、つまり娘の眼と火とが重なった瞬間、彼女の眼は夕闇の波間に浮ぶ、妖《あや》しく美しい夜光虫であった。

◆執筆者紹介（五十音順）

朝吹真理子（あさぶき・まりこ）作家。一九八四年生まれ。『流跡』『きことわ』。
↓P10、38、62、94、122、158、186

いとうせいこう 作家・クリエイター。一九六一年生まれ。『我々の恋愛』『どんぶらこ』『漱石漫談』（共著）、『「国境なき医師団」を見に行く』。
↓P2、18、50、74、98

江國香織（えくに・かおり）作家。一九六四年生まれ。『ヤモリ、カエル、シジミチョウ』『扉のかたちをした闇』『なかなか暮れない夏の夕暮れ』。
↓P26、46、66、90、118、154、182

奥泉光（おくいずみ・ひかる）作家。一九五六年生まれ。『虫樹音楽集』『東京自叙伝』『ビビビ・ビ・バップ』『漱石漫談』（共著）。
↓P42、70

角幡唯介（かくはた・ゆうすけ）作家・探検家。一九七六年生まれ。『探検家の日々本本』『旅人の表現術』『漂流』『探検家、40歳の事情』。
↓P106

木内昇（きうち・のぼり）作家。一九六七年生まれ。『ある男』『みちくさ道中』『櫛挽道守』『よこまち余話』『光炎の人』『球道恋々』。
↓P146

佐伯一麦（さえき・かずみ）作家。一九五九年生まれ。『光の闇』『渡良瀬』『とりどりの円を描く』『麦主義者の小説論』『空にみずうみ』。
→P166

島田雅彦（しまだ・まさひこ）作家。一九六一年生まれ。『ニッチを探して』『往生際の悪い奴』『暗黒寓話集』『虚人の星』『カタストロフ・マニア』。
→P6、22、30、58、82、110、142、174、198

堀江敏幸（ほりえ・としゆき）作家・フランス文学者。一九六四年生まれ。『戸惑う窓』『仰向けの言葉』『その姿の消し方』『音の糸』。
→P134、162、190

本郷和人（ほんごう・かずと）東京大学史料編纂所教授。一九六〇年生まれ。『真説戦国武将の素顔』『新・中世王権論』『日本史のツボ』。
→P14、34、54、78、102、130、150、170、194

山下澄人（やました・すみと）作家・劇作家。一九六六年生まれ。『ルンタ』『鳥の会議』『壁抜けの谷』『しんせかい』『ほしのこ』。
→P86、114、138、178

リービ英雄（りーび・ひでお）作家・日本文学者。一九五〇年生まれ。『越境の声』『延安』『仮の水』『我的日本語』『大陸へ』『模範郷』。
→P126

朝日選書 969

文豪の朗読

2018年2月25日　第1刷発行

編者　朝日新聞社

発行者　友澤和子

発行所　朝日新聞出版
〒104-8011 東京都中央区築地5-3-2
電話 03-5541-8832（編集）
03-5540-7793（販売）

印刷所　大日本印刷株式会社

© 2018 The Asahi Shimbun Company
Published in Japan by Asahi Shimbun Publications Inc.
ISBN978-4-02-263069-8
定価はカバーに表示してあります。

落丁・乱丁の場合は弊社業務部（電話03-5540-7800）へご連絡ください。
送料弊社負担にてお取り替えいたします。

例外小説論
「事件」としての小説
佐々木敦
分断と均衡を脱し、ジャンルを疾駆する新たな文芸批評

アメリカの排日運動と日米関係
「排日移民法」はなぜ成立したか
簑原俊洋
どう始まり、拡大、悪化したかを膨大な史資料から解く

日本の女性議員
どうすれば増えるのか
三浦まり編著
歴史を辿り、様々なデータから女性の政治参画を考察

ハプスブルク帝国、最後の皇太子
激動の20世紀欧州を生き抜いたオットー大公の生涯
エーリッヒ・ファイグル著／関口宏道監訳／北村佳子訳
豊富な史料と本人へのインタビューで描きだす

asahi sensho

ニュートリノ 小さな大発見
ノーベル物理学賞への階段
梶田隆章＋朝日新聞科学医療部
超純水5万トンの巨大水槽で解いた素粒子の謎！

丸谷才一を読む
湯川 豊
小説と批評を軸にした、はじめての本格的評論

嫌韓問題の解き方
ステレオタイプを排して韓国を考える
小倉紀蔵／大西 裕／樋口直人
ヘイトスピーチや「嫌韓」論調はなぜ起きたのか

発達障害とはなにか
誤解をとく
古荘純一
小児精神科の専門医が、正しい理解を訴える